10

ESPLAI

Foc al gran recorregut

Vicent Marçà

Edicions del Bullent

Aquesta obra quedà finalista del
15è PREMI DE NARRATIVA JUVENIL ENRIC VALOR
1995

Formaven el jurat Francesc J. Bodí, Maria Conca,
Daniel P. Grau, Joan Pla i Joan Pinyol.

Premi copatrocinat per

AJUNTAMENT PICANYA

Hi ha un quadern de Propostes didàctiques, referides a aquest llibre, que es distribueix gratuïtament als ensenyants que el sol·liciten.

1a edició: abril de 1996
2a edició: setembre de 1997

Coberta i caplletres de Miquel Mollà

De la Taronja, 16 - 46210 Picanya ☎ (96) 156 08 83
Disseny de la col·lecció: Miquel Mollà
Maquetació: Artur Silvestre
Assessorament lingüístic: Alfons Esteve & Jep Blesa
Imprimeix: TG Ripoll, SA – Paterna
ISBN: 84-89663-02-5
Dipòsit legal: V-4050-1996

Índex

Al meu fill

Tenies raó,
Vicent, caminar per un GR
pot ser una aventura

1. EL GRUP

Van ser uns dies viscuts amb rapidesa, rabentment, com si el temps tingués pressa perquè ocorreguessen determinats fets, com si volgués recuperar part del passat. L'excursió havia estat programada des de feia mesos. No havíem deixat res a l'atzar. Quim tenia prevista tota la cartografia, aspecte important, ja que la zona on volíem fer la travessia no era habitual. Rosa, el menjar i la beguda («No t'oblides de les begudes isotòniques», li dèiem, sense que cap de nosaltres pressentíssem la importància que després havien d'arribar a tenir). I jo, tot el material: tendes, atifells de cuina, cordes, llanternes, pintura...

Ramon Sicart, Ramsi, no havia de venir. Tenia una recuperació a l'institut i una xica estrangera a casa per no sé quina història d'intercanvis que s'havia muntat. A darrera hora, la catedràtica li va fer saber que havia aprovat el trimestre (però a canvi li havia de presentar un treball en acabar les vacances). I l'escocesa es va quedar a Escòcia, prematurament embarassada i, per tant, gens interessada a aprendre català davant el compromís tan gran que havia assumit.

De manera que érem quatre. Millor. Quan el terreny és desconegut, la càrrega feixuga i has de romandre uns dies sense contacte amb la civilització, més val ser-ne un bon grup. Quatre era el nombre ideal, ni pocs, ni molts. Ens enteníem a la perfecció i ells dos, els xics, sabien estar-hi. A les classes d'ètica, que eren les úniques on afloraven les idees dels companys, eren dels pocs que es mostraven respectuosos amb les xiques, i de bon tros! Teníem un grup plagat de masclistes. Molt d'estar a favor de les relacions lliures, molt de parlar de la igualtat dels sexes, però quan el professor plantejava casos reals perquè hi donéssem el nostre punt de vista, es quedaven amb el cul a l'aire. Ara feia una setmana havien arribat al límit. Tots, tret de Ramsi i Quim, van admetre que, cas de casar-se, voldrien que la seua parella fos verge, però de cap manera no van voler assumir que, al revés, també els ho exigíssem les xiques. Quina barra! Es tenen ben merescut haver suspès, per no saber dialogar.

La veritat és que, amb Quim i Ramsi, mai no havíem coincidit sols, sempre ens havíem relacionat amb més gent, però a Rosa i a mi ens van semblar dos companys immillorables.

2. PRIMER DIA

Encara sentíem l'autobús gemegar unes revoltes més enllà, quan ja havíem començat a caminar. Cadascú va carregar la respectiva motxilla i amb una dignitat pròpia dels més grans esdeveniments, iniciàrem el camí.

La senda era fàcilment visible entre les carrasques. El fullam sec de terra ens acompanyava sonorament mentre el trepitjàvem. Quim, amb el topogràfic a les mans no parava d'indicar-nos la direcció correcta. Ramsi, darrere, era l'encarregat de dur la pintura, els pinzells i fer els senyals. Rosa, sempre amb la brúixola i jo, fent fotografies. La marxa no resultava pesada, ja que paràvem a intervals curts per pintar les ratlles roja i blanca del sender. Objectiu d'aquells dies: marcar el GR-01 entre el barranc Fondo i el tossal de la Nevera. Era l'únic tram que quedava sense indicacions i al nostre club havien arribat moltes demandes sobre això. Per fi aquella Setmana Santa ens vam organitzar per poder compensar la mancança que estava convertint-se en una vergonya per als excursionistes de la comarca.

Al cap de dues hores de feina vam veure, encara un poc lluny, la figura del mas Pelat, on pensàvem fer nit. Estava situat just al cim d'un puig sense vegetació –d'allà li venia el nom. Les raons populars d'aquella manca de flora eren unes històries de morts i venjances. Per mantenir l'herència reunida, un fadrí ja gran, va matar les seues dues germanes i, com que la sang va banyar les pedres dels voltants del mas, mai més no hi va créixer una sola herba. I cada any que passava, el tros erm, amb la roca viva, anava augmentant com si la sang continués vessant avall lentament. Cap de nosaltres no era supersticiós, però aquella història no era gens agradable. En el fons, totes les contalles tenen una part real... Buf!, només de pensar-ho, se'm posava la pell de gallina.

Les raons amb més seny indicaven que la composició geològica del lloc i la contaminació provocada per la pluja àcida d'una central pròxima, es van conjuminar per a matar coscolls, matissar, estepes i altres plantes que hi abundaven i també les possibles collites de blat i raïm. El que escapava a aquesta explicació era la zona afectada; per què només es reduïa als voltants del mas? Com és que el bosc, un poc més avall, perdurava verd i frondós?

A poqueta nit teníem vint-i-dos senyals. Una mitja claror que anava enfosquint-se ens invitava a deixar la feina per a l'endemà. No estava malament, ben al contrari: molt bé. Havíem fet el tros previst en el temps previst. Érem a unes poques passes de la porta del mas Pelat.

Feia impressió ser allà mateix –d'anys que no hi habitava ningú–, encara que el seu estat era prou bo per a passar-hi la nit. Hi vam entrar sense dificultats. Ramsi va poder netejar els pinzells amb aigua de l'aljub, mentre Rosa preparava el menú prèviament pactat. Jo vaig habilitar dues habitacions amb una granera que vaig trobar al rebost i Quim va encendre el foc a la llar.

–No m'agrada gens que encenguem el foc! –va soltar Ramsi en entrar, tan bon punt va veure Quim en aquella ocupació.

–Què passa? Li anirà bé al fumeral, el netejarem de teranyines –contestà Quim sense immutar-se–. Després de sopar farem una bona tertulieta... Llàstima de guitarra...

–Res! El foc no és per a jugar. Si en tenim necessitat, l'encenem, però si no, més val respectar l'esperit vital.

–Vinga, home!... Vés, prepara't el cobert per a sopar i deixa'm encendre el foc. Ens farà companyia –va respondre Quim sense sufocar-se.

Aquelles paraules de Ramsi, que vaig sentir baixant les escales, em van posar un pèl inquieta. No era un xicot donat a la broma, ni se li coneixien afeccions esotèriques. Com eixia ara parlant d'un esperit vital lligat al foc? Potser m'havia equivocat en la

meua valoració inicial sobre Ramsi? Rosa va alçar el cap un moment per observar la situació, però va continuar fregint els ous a la cuineta de càmping-gas.

La conversa anava fluida tot el sopar. Vam revisar els mapes i els plans que ens havíem fet. Els objectius del primer dia els havíem assolits al cent per cent. L'únic error havia estat una altitud, la del collet de la Creu. Segons el topogràfic tenia 950 metres i, en canvi, en passar per allà l'altímetre de Rosa en va marcar 990. Com que el mapa era d'una edició antiga encara no revisada i l'aparell era suís, ens vam inclinar per creure més correcta la que nosaltres havíem recollit. L'altímetre era l'estri més sofisticat que portàvem. Per indicar l'altura es basava en la pressió atmosfèrica, i ens van assegurar que el marge d'incertesa era del 0,1%. Vam fer la correcció al quadern de camp que després ens permetria editar la topoguia, i ja està.

Ramsi ens va contar tot un seguit d'anècdotes de Karen, la xica escocesa. La seua vinguda obeïa més a problemes familiars que a inquietud pels idiomes. Ni havia sentit parlar del català. Es va assabentar per l'oficina de joves d'Aberdeen que a la vora de la mar Mediterrània s'oferien famílies per fer intercanvis. Va telefonar i el mateix Ramsi va tancar el tracte. Ella vindria a Setmana Santa i ell tornaria a Escòcia a l'estiu. Són anabaptistes i no celebren la pasqua com als països catòlics, per tant aqueixa setmana d'abril seria l'inici de l'estada per ací. Volia fugir de casa. Feia uns mesos que eixia amb un immigrant irlandès i la família li ho va prohibir dràsticament: «O ell o nosaltres», li van dir. Karen va anar amagant les seues relacions i a punt de fer el viatge s'havia quedat embarassada.

Rosa, com de costum, es va quedar embadocada escoltant.

–Ah! Qui tingués la sort de viure a Escòcia! Allà sí que passen coses interessants i... romàntiques.

Quim la va interrompre bruscament.

–Eh! Un moment! Si quedar-se prenyada és romàntic...

–Home, justament això... i així tant ràpid... Vull dir que Escòcia, els paisatges, la boira, un xicot d'Irlanda...

–Au, no sigues pàmfila. Ací també pots enamorar-te –va entrar Ramsi en la conversa–. No et diré de Quim o de mi. Però segur que si et traus del cap aqueixa mania de pensar en impossibles, valoraràs els de *casa* i ens veuràs amb ulls diferents.

Després de les preferències sentimentals, va eixir de tema la situació política i la poca implicació de la gent jove. També se'ns va allargar. A la fi, decidírem gitar-nos ben avançada la nit. Passaven de les dotze.

L'habitació dels xics era la primera en arribar a la planta superior. A la dreta, la nostra. Ni Rosa ni jo

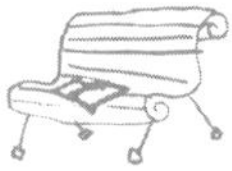

no teníem por, però vam distribuir així les cambres per la claror. A Quim i a Ramsi els agradava despertar-se amb rellotge. Per contra, nosaltres preferíem, encara que fos una vegada a l'any, que de seguida que s'alcés el sol, entrés a fer-nos una visita. La nostra finestra donava a l'est, tot just damunt d'un cingle i era l'única obertura del mas en aquella direcció. Des d'allà tampoc no es veien els altres masos que, si bé eren pròxims a distància, la situació tan esquerpa del mas Pelat no hi permetia el contacte visual.

El gran finestral de l'altra habitació donava al sud. Devia haver estat un balcó, com ho testimoniaven els ferros mig doblegats que sobreeixien de la paret. Una vegada ben tancada la porta de la planta baixa per dins, el *quasibalcó,* era l'únic lloc per on es podia accedir a l'interior, encara que amb dificultat.

3. ALGUNS PROBLEMES

No recorde res absolutament després de colgada dins del sac. De manera que em deguí adormir de forma immediata.

Al matí següent, Quim ens va dir que havia sentit sorolls, com de passes. No hi va donar importància, ja que per a poder orinar calia baixar a la planta inferior, al corralet. Però ningú no recordava haver-se alçat per pixar i cap de nosaltres es reconeixia somnàmbul.

Sense donar més importància a l'assumpte i després d'un bon desdejuni, emprenguérem de nou la senyalització del GR-01. Avui ens hauríem d'esforçar més. Calia salvar tres rius, més aviat rierols. El fotut no era pas l'aigua, que quasi mai no en duien, sinó els desnivells. Havíem de pujar llomes altíssimes i descendir al llit del barranc per a tornar a remuntar a continuació. No hi trobaríem cap edificació. Encara que la senda passava per fonts i ullals, ningú no havia decidit instal·lar-s'hi a viure.

A les dues hores de camí, a la font de l'Ombria vam parar per esmorzar. Aparentment, tot seguia el seu curs normal. De sobte, en caure-li a terra l'entrepà i tombar-se la motxilla del moviment, s'alçà Rosa i féu cara d'estar davant un dinosaure. Lentament, amb la boca entreoberta i els ulls tan grans que se li n'eixien, alçà les mans fins al cap i se l'agafà com si volgués confirmar que el tenia sencer. Per fi, parlà:

–L'altímetre!

El silenci més espès que jo recorde ens va envair a tots. Un calfred penetrant em recorregué la pell.

–La mare que va...! T'has deixat l'altímetre?

–Sí. Deu ser al mas Pelat.

Ramsi havia estat ràpid a lligar idees. L'expressió de Rosa el va fer pensar que aquell magnífic aparell que ens havia de ser de tanta ajuda per a confirmar el perfil del camí, no havia eixit del mas Pelat.

–Jo crec que hem d'estudiar la situació. Sense altímetre podríem avançar i fiar-nos dels mapes. Però caldrà tornar un cap de setmana al mas i recuperar-lo. És una llàstima que el deixem allà i es faça malbé o se n'aprofite el primer que passe. –Hi vaig fer una aportació molt simple, però en aquells moments qualsevol cosa era bona per a calmar els ànims.

Quim, sense deixar de mastegar per acabar-se el xoriç, va opinar que no tenia dies lliures fins a l'estiu i que ja seria tard: entre abril i maig era quan més excursionistes feien aquell tram.

Rosa estava desfeta, entenia que per la seua negligència retardaria la marxa del grup o tiraria per terra una actuació preparada amb tanta antelació.

–Podem arribar a la cova Llarga a l'hora de dinar. Deixarem allà les coses i tornarem a buscar l'altímetre, sense fer marques anirem molt més de pressa. Que us sembla? –De nou Ramsi, va saber trobar una solució.

De manera que amb un fort ritme, però sense dir ni pruna, vam continuar pintant sobre roques i algun tronc les ratlles blanca i roja. Arribàrem a la cova Llarga a les dotze i uns pocs minuts; n'havíem guanyats vora trenta. Descansàrem sense acord previ. Rosa preparà el dinar ràpidament. Tan capficats estàvem que no ens sorprengué trobar deixalles a la vora de la paret de l'entrada a la cova. Eren pells de fruita. De poma, més concretament, i pel punt de descomposició devien haver estat llançades aquell mateix matí. És a dir, que algú s'havia menjat pomes feia unes hores al mateix lloc on érem nosaltres. «Algú» vull dir algun humà, ja que és conegut que els animals no pelen la fruita o, si en trauen la pell, no la tallen d'aquella forma tan rectilínia.

Tot açò que explique ho vaig pensar a la vesprada de camí cap al mas Pelat. Avançàvem lleugers i silenciosos. Només portàvem una motxilla amb sobres de beguda isotònica en pols, alguna peça d'abric, les llanternes per si se'ns feia fosc i la pintura. Ramsi va insistir que fer el camí al revés dóna una altra perspectiva i caldria pintar en llocs en què al matí ens havia passat desapercebuda la necessitat de senyals.

A la font de l'Ombria ens vam preparar el primer got de la beguda amb glucosa, sals minerals, vitamines i tot això. No era dolça, però entrava bé. Diuen que s'assimila ràpidament i compensa la pèrdua de sals de la suor. Allà va ser quan Quim va presentar com a qüestió preocupant les pells de poma.

–Us heu fixat que a la cova hi havia restes de pomes?

–Sí –contestà Rosa–, però no he volgut dir res per la pressa que teníem.

–Per ací deuen pasturar alguns ramats de cabres i ovelles. No és estrany que el pastor haja parat a descansar –vaig indicar jo, no pas per llevar importància a la qüestió, sinó perquè realment era el que pensava.

Ramsi, cosa rara, no hi va intervenir. Quim tancà la qüestió, encara que de manera preocupant.

–Això seria el millor. Per aquesta zona no hi ha pastors ni ramats des de fa un grapat d'anys. Joan, el professor de sociologia, ens ha posat aquesta comarca com a exemple de despoblament per una mala política de suport i ajudes a la ramaderia. A la primeria del segle, diu, més de tres mil caps pasturaven per aquests paratges, però quan va millorar la sanitat..., no sé si la sanitat o la higiene... bé, tant se val, quan van veure que la llet de cabra o els formatges produïen febres maltes, va anar baixant la dedicació als ramats. Més endavant van donar permís per a l'explotació minera, això de traure argila i terra per a les fàbriques de ceràmica, i els propietaris no volien veure cap pastor per ací. De manera que sense ajuda, ni cooperatives, ni res... els ramats han desaparegut.

Cap dels tres gosà rebatre Quim en la seua explicació. Si no havia estat un pastor, podia haver estat algun excursionista que anava davant nostre i no ens havíem vist.

Més avant jo vaig pensar que hi havia una raó molt més simple per a descartar pastor i ramat: les ovelles s'hagueren menjat gustosament les peladures! Però no calia dir-ho i augmentar la intranquil·litat.

En cinc llocs vam haver de posar senyals. Era veritat, fent el camí per l'altra banda es necessitaven algunes marques més. No ens vam entretenir a ferles gaire bé, sincerament, i a bona hora ja érem al mas Pelat.

4. UNA CAIGUDA INESPERADA

Tot ho vam trobar com ho havíem deixat. Tot no pas, l'altímetre no era per cap lloc. Quim i jo vam regirar tots els racons mentre Ramsi intentava consolar Rosa. Res. Ni apareixia l'instrument, ni Rosa parava de plorar. De colp es decidí:

–Ja n'hi ha prou! No vull preocupar-me més. Si me l'he oblidat ací, el trobaré. Repetiré els moviments d'ahir en arribar.

Se n'anà a la porta i començà una espècie d'actuació davant del grup.

–Vaig entrar carregada. Vaig venir ací i em vaig descarregar la motxilla.

Recalcava en veu alta el que anava fent, com buscant la nostra anuència. Jo crec que li servia, també, de teràpia.

–Em vaig posar a fer el sopar. A veure..., sí, el foc estava escalfant el perolet i vaig pujar a preparar el sac de dormir.

Quan es va enfilar per l'escala els tres ens la miràvem amb atenció però desconfiats en l'èxit de la recerca. Havíem posat el mas de cap per avall feia uns minuts. De sobte, un terrabastall enorme barrejat de crits amb veu de Rosa davallà per l'escala. Ens aproximàrem corrents. Havia caigut de cap i havia rodolat des del primer replanell.

–Rosa! Rosa! T'has fet mal?

–Rosa, tranquil·la. No et mogues, a veure si t'ajudem.

La cama esquerra feia pena. El turmell presentava un aspecte d'allò més inquietant. Alguna fractura era la cosa més probable. Ella no parava de queixar-se i nosaltres d'animar-la. La gitàrem a la planta baixa a la sala que feia de menjador. El percaç ens obligava a passar la nit una altra vegada al mas, però ara sense el parament indispensable.

–Ací estaràs de meravella. T'he posat palla en terra. I la manta és la que ahir vam veure ben plegadeta a l'armari, te'n recordes? Encendrem la llar i passarem una bona nit. Demà ja estaràs molt millor i veurem si pots caminar.

Jo ja no sabia què més inventar-me per fer sentir Rosa segura i confiada. Francament, les coses no estaven tan bé com li les pintàvem.

Ramsi i Quim no van parar fins a tenir un bon feix de llenya per al foc.

–Veieu? No tinc manies, però avui ens cal encendre el foc, segurament, perquè ahir el vam provocar... –insinuà Ramsi.

Després van preparar la cambra menjador per a

dormir-hi tots quatre. Havíem decidit no separar-nos. L'endemà tornaríem a la carretera on ens havia deixat l'autobús i amb autostop intentaríem arribar al poble per trobar un metge. Jo acompanyaria Rosa i els xics recuperarien el material. L'objectiu de l'eixida havia quedat en segon terme. A l'estiu, encara que fos mala època per la calor, en faríem una altra temptativa.

–Au, Rosa, sort que hem portat els sobrets maleïts. Pren-te'n un. Si vols, prepararem poliol. A poca distància del mas n'he vist unes mates.

Ramsi ho entenia, això de les herbes que es poden prendre en infusió.

–Sí, per favor. Necessite beure alguna cosa calenta.

La poca distància del mas eren quinze minuts. Es veu que hi anà corrent perquè abans de mitja hora ja n'havia tornat. Tots prenguérem poliol i férem bromes i quan Rosa s'adormí, amb aquell turmell inflat i violaci, a poc a poc, anàrem caient la resta. El dia havia estat dur. La caminada de la vesprada ens havia cansat i la tensió per la caiguda ens havia acabat de madurar. L'última cosa que em va venir al pensament van ser les pells de poma. Quina explicació podien tenir?

5. UN GRAFIT?

Segurament pel dolor, la primera a espavilar-se va ser Rosa. Dolçament, ens anà despertant:

–Bon dia... Sóc Rosa, i tu, Ramsi.

–Bon dia, Anna; sóc Rosa.

–Quim! Desperta't. Sóc Rosa.

A mi en va estranyar això de repetir el seu nom. El to de veu era tendre, com d'agraïment per algun detall. Quan vaig poder vèncer la meua natural inclinació a no alçar-me al primer avís els matins, asseguda, li ho vaig fer notar.

–Bon dia. Per què repeteixes el teu nom? No et deus haver trastornat pel bac, eh?

Ella va somriure i mogué el cap d'una banda a l'altra donant-me una resposta negativa i fent-me veure que havia entès la broma.

–Dona, com heu fet la pregunta, us conteste.

–Quina pregunta? –jo no entenia res. Començava a inquietar-me. Coneixia Rosa i en canvi no sabia a què responia aquell comportament.

–Aquí, a la paret; qui ha escrit això?

Efectivament, a la dreta de la llar, amb lletres grans, de traços insegurs i amb tanta quantitat de pintura que els regalims arribaven fins a terra, es podia llegir: «Qui sou?».

Si dic que se'm posà la pell de gallina, serà poc. Ramsi i Quim semblava que havien vist el dimoni. I Rosa, en comprendre que no havia estat cosa nostra, tremolà i anà perdent color, empal·lidint.

Ens travessàrem mirades escrutadores, còmplices. Ningú no volia dir en veu alta el que pensava. Un cert recel es notava en l'ambient i als rostres. No sé el temps que passà, només em notava els batecs, com si el cor se m'hagués fet com una oliva i necessités anar accelerat.

–Mireu, la porta és oberta –va dir Quim–. Algú ha entrat mentre dormíem i ha gastat la pintura. Ens han volgut fer una broma.

Quina broma! Allò tenia molt mal aspecte. A més, el color li donava un cert aire macabre, semblava escrit amb sang. No sabia què dir. Quin comentari podria fer per calmar la tensió? Ramsi prengué la iniciativa.

–Per les cares que observe, cap de nosaltres no ha fet això. Per ací hi ha algú més, recordeu les pells de poma.

–I les petjades que us vaig dir que havia sentit! –remarcà Quim en un to nerviós.

–D'acord. Estem segurs que tenim companyia,

però per la raó que siga no vol que ho descobrim. Amb tot, crec que no ens vol fer mal, perquè ja ha tingut ocasió i tots estem sans i estalvis... Disculpa Rosa, ja sé que estàs fotuda...

–Sí, home, sí. Continua.

–Un moment, si no vol que el o la descobrim, per què ha escrit la pregunta a la paret?

Ramsi es va quedar barrinant, no esperava la meua intervenció.

–Té vergonya –Quim va estar impetuós aquesta vegada–. Deu ser algun masover d'aqueixos que no ha vist gent en molts anys i no sap com entrar en conversa...

Un pastor? Un masover? Quin altre tipus de personatge podia rondar aquells indrets? Si és gent excursionista no va amb aquestes ximpleries, és més directa. Vaig pensar que era millor continuar el nostre ritme i, qui fos, ja es faria veure.

–Jo no li pegaria més voltes. Arrepleguem, desdejunem-nos un poc i fem el que teníem planejat. Fins a arribar a la carretera, encara hi ha un bon tros.

–Ep! El nostre amic invisible s'ha fotut tots els sobrets. Mireu quina destrossa!

Ramsi només ens va poder ensenyar les restes esquarterades dels sobres plastificats que contenien la darrera ració d'aliment que ens quedava.

Ell mateix ens va fer notar una cosa:

–Jo no sé qui pot ser, però en sa vida no ha vist

un sobre com aquests. Fixeu-vos com els ha esgarrat, els ha fet tres o quatre talls a cadascun. Deu haver-se menjat la pols directament, sense dissoldre-la amb aigua.

Tenia raó i no va ser el darrer fet que va augmentar la inquietud. Quim no va trobar el seu plumífer i les llanternes s'havien esfumat totes quatre. Les conclusions a què ens abocava eren que es tractava d'algú molt necessitat, vergonyós o emporuguit, adult i que tot just sabia escriure… Que es coneixia el paratge; per tant, devia ser del terreny. Però, qui?

6. COM UN RASTREIG

Ja sense miraments per deixar el mas endreçat, vam moure, brusents. Fins i tot la pintura hi vam abandonar. Per trams ajudàvem Rosa a caminar subjectant-la per la cintura i recolzant-se al muscle de torn.

De seguida vam trobar rastres del nostre *observador.* Al costat d'un dels senyals del GR-01, exactament en un revolt a l'esquerra que iniciava un fort pendent, descobrírem unes branquetes que simulaven una fletxa. Ens hi vam aturar. Ramsi es desvià del sender tal com deia la fletxa i va entreveure un barret mig cimejant entre el matissar. Pegà un crit i algú fugí, i es perdé enmig del bosc. Però allà mateix hi havia un mocador que en un altre temps devia haver estat blanc amb ratlles roges fent quadres, i en el centre unes fulles i una mena de fang. Ho arreplegà, tornà i ens contà l'incident.

–He pogut veure el desconegut, però se n'ha anat. Li he pegat un crit i s'ha escapolit bosc endins. Podem considerar-lo amic. Ha deixat aquesta pomada per a tu, Rosa, dins d'un mocador. Hi has, Anna, esbrina què diu aquest drapet, pareix que està escrit...

M'allargà un tros de tela de cotó més groga que el mocador. Feia anys que aquella peça no s'havia llavat com calia. Les vores tenien els filets que denotaven un tall esgarrat, no d'estisores. El tacte, però, era suau. Amb línies mal traçades i una cal·ligrafia quasi il·legible, s'hi endevinaven paraules. Em vaig decidir a fer una interpretació:

–Escolteu, ja ho tinc: «Ungüent turmell. No el té trencat».

–Vols dir que m'ha preparat aqueixa pasta per al meu turmell? I que no el tinc trencat? Ai mare! Això vol dir que aquesta nit ha estat molt prop de mi! Quin pànic m'està entrant... Jo vull anar-me'n! Vull anar-me'n!

–Calma, Rosa, descansem un poquet més, et posem l'ungüent i a veure que passa. –Quim, malgrat el que deia, també estava amb ganes d'eixir fugint d'allà.

–Jo vull anar-me'n! Per favor, vull anar-me'n!

Ramsi, agarrant Rosa pels muscles, que –a pesar del dolor– s'havia incorporat, va vociferar nerviós:

–Calla, collons! Ja n'hi ha prou!... –I continuà més apaivagat–: Si no actuem amb seny, perdrem el control de la situació. Escolteu-me tots: no correm cap perill. He pogut veure el personatge que ens va seguint i sembla prou gran, per la manera com corria diria que és un iaio. Ens ha pres una jaqueta, un poc de menjar i a canvi ens ha proporcionat remei per al teu turmell. El que hem de fer és arribar a la carretera i que t'examine un metge... Ah, no caldrà que tornem a buscar el material a la cova Llarga. Aqueix pobre boig, s'ho deu haver quedat tot.

Era una encertada radiografia de la situació. Amb la calma recobrada, Rosa acceptà l'ungüent i emprenguérem el regrés. Assolírem el cim d'aquella pujada amb bons auguris. Rosa notava millora al seu dolor; de fet, podia posar el peu a terra i fer un poc de força.

–Aquesta poció deu ser bona. Em fa efecte; i això que no li tinc gens de fe...

No solament tenia el turmell en franca recuperació, el rostre i l'estat d'ànim hi van guanyar. Ningú de nosaltres no sabíem de què podia estar feta aquella pasta, però millor que qualsevol medicament de farmàcia sí que era, perquè havia produït beneficis en pocs minuts.

I heus ací que a l'altra parada, a l'ombra d'una carrasca que bé li podia fer enveja a la de Culla, tornàrem a veure una fletxa. Ara era feta amb pedres, més llarga i un poc arquejada. A uns metres hi havia un munt de roques, un claper considerable; devia indicar que el nou missatge el trobaríem darrere aquell rocam?

Quim no volia saber-ne res. Rosa, més conforta-

da, mostrà curiositat. Jo, capficada en les meues elucubracions sobre la personalitat d'aquell tipus, anhelava continuar la pista. Ramsi, més fred i calculador, va planejar una actuació. Un de nosaltres, que vaig resultar jo, aniria com ell a l'anterior crida. Pausadament, sense aldarulls, mirant a terra recercant el present que de segur ens hauria fet. Mentrestant, Ramsi, pegant la volta al castell roquer per l'altra banda s'arriscaria a caure sobre el causant dels nostres maldecaps.

Restàrem uns moments inactius. Jo, com havíem pactat, vaig simular que descobria la fletxa i avisava en veu alta que em dirigia a veure qui sap què. A les poques passes, vaig entreveure de reüll Ramsi que ja s'hi dirigia per l'altre costat. No vaig trigar gens a filar, ajupida, aquella persona. Per un instant vaig aturar el meu avanç per la sorpresa, però vaig reaccionar ràpidament, fent com si m'hagués enganxat el calcetí en el coscoll. Mig tremolant, no pas de por, d'intriga, vaig veure en una clapa de la vegetació el nou obsequi: era una espècie de llanterna, i si ho era, es tractava d'un model antiquíssim. Lentament, sentintme observada, i per donar temps perquè Ramsi pogués actuar, vaig arreplegar de terra aquell atifell. Era de color verd fosc; el vidre, semiesfèric, tenia algunes esquerdes. Disposava d'una corretja per a subjectar-la en bon estat, fins i tot la sivella lluïa sota aquell sol de migdia.

Estava examinant allò, sense dir ni pruna, mantenint la silueta del desconegut dins del meu camp visual, quan Ramsi, pegant un fort crit li va saltar al damunt. Vaig poder sentir uns pocs gemecs, queixes del colp i una inesperada veu:

–Perdoneu, perdoneu...

En dos bots em vaig plantar al lloc dels fets. Ramsi sostenia aquell home agarrant-lo pel coll. Ell, amb les mans en posició d'orar, repetia «perdoneu, perdoneu».

–Ramsi, deixa'l. No veus que és un vellet?

El va soltar i l'home no es va moure ni un pèl, simplement va baixar la mirada a terra.

Quina descripció podria fer-ne? No sabia si estava somniant. Era l'encarnació del vell nàufrag de *L'illa del tresor*. Canós, amb una barba que no era llarga, sinó eterna. Sec com una granera; la cara eixuta, d'on sobreeixien tan prominents pòmuls i celles que tot just hi havia espai per als ulls. La pell d'un bronze ennegrit que més d'una fatxenda desitjaria a l'estiu. Les mans, escanyolides, deixaven a flor de pell les venes i els tendons, que es movien sense parar com els fils d'un titella. A la punta dels dits estirats, les unglotes semblaven urpes. Per roba, encara es podia distingir entre camisa i pantalons. Allò que conservava en millor estat era el cinturó, ample, de pell, amb moltes incisions i del qual penjava un enorme ganivet de muntanya, un matxet. El calcer, devien ser botes, militars m'atreviria a dir, però amb pedaços i cositons per les vores.

Ens acompanyà a la carrasca. Quim i Rosa es van sobresaltar en veure'ns aparèixer. Asseguts allà, vam sentir la història més inversemblant de la nostra vida.

7. INCREÏBLE, PERÒ CERT

Sóc Jaume Rubió. Visc per aquests paratges tot sol. Quan fa dos dies us vaig veure aproximar-vos al mas Pelat vaig desconfiar. «Em descobriran.» Vaig pensar que veníeu per mi. Des de lluny us veia consultar mapes i fer marques. «No voldran tornar arrere sense escorcollar tots els amagatalls», vaig pressentir. Em tocà endreçar el mas molt de pressa, perquè pareguera que continua deshabitat. No us va estranyar trobar mantes, graneres, un poc de llenya i encara algun tió a la llar?

–Ara que ho diu..., és veritat! –va exclamar Rosa.

–De nit no vaig estar-me de fer-vos una visita. De seguida vaig comprovar que éreu inofensius... Us he de confessar una cosa: jo tinc aqueixa espècie de brúixola que us falta. M'haureu de disculpar..., tants anys en solitari, m'he acostumat a espigolar-ho tot...

Baixà el cap, introduí aquells fils d'aram de dits a la butxaca i en tragué l'altímetre.

–Teniu, no he comprès quina utilitat té. El meu error va ser deixar peladures de poma a la cova Llarga. No les vau trobar?, devien estar fresques...

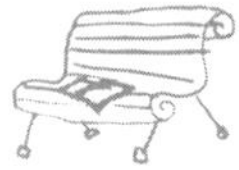

–Sí, sí…, però no hi vam donar importància.

–Ja ho sé, us estava guaitant de prop. Si voleu sobreviure a la muntanya no heu de deixar passar cap rastre sense esbrinar… Tota pedra fa paret! Això em confirmà que no éreu guàrdies civils, com els que van acudir fa temps. Anaven vestits també d'excursionistes…, però, gràcies a la vigilància a què els vaig sotmetre, una nit vaig detectar que netejaven una pistola. Sort que no els llevava la vista de damunt, els vaig poder desemmascarar abans de donar-me a conèixer. Ningú no hi havia tornat des d'aleshores. Estava convençut que m'haurien donat per mort.

–Però escolte, per què aqueixa cabuderia a passar inadvertit? Com és que no teníem notícia que vostè visqués per ací?

–Ai, filla! Poc després d'acabada la guerra em va tocar fugir del meu poble per enfrontar-me a l'alcalde. Pegant voltes vaig caure per aquestes muntanyes i la gent del mas Pelat em va donar refugi. A poc a poc em vaig acoblar a viure-hi com un masover més, però sempre m'ocultava en rebre visites o de les batudes dels civils que buscaven els *maquis*…

El vellet parlava de pressa i feia pauses per respirar.

–La desgràcia es veu que no deixava de perseguirme. Una maleïda vesprada em vaig amagar de pressa perquè venien els del tricorni. Al matí, en no sentir cap soroll, vaig eixir del clot que era la meua cambra, em vaig atansar al mas i vaig trobar morts els tres germans: Duardo, Elvira i Carme. Només jo sé que van morir per no delatar-me. Duardo, pobre, encara tenia a la mà un paper amb el meu nom... Hauria volgut morir jo també...

–De manera que tenien part de raó els qui diuen que no creix res per la mort de les germanes...

–No. De cap manera. Als dos dies van tornar els guàrdies amb gentola de la seua i els van soterrar. No sé quines mentides degueren contar... Jo, per tal d'evitar que el mas fos oblidat per tothom, vaig anar buidant uns bidons de gasolina que hi havia al corral i les brosses i els arbres anaven morint socarrimats per les pròpies arrels.

–I per què no va cap al poble? Vostè té una edat molt avançada. Caldria que el mirés un metge, que algú li dediqués atenció...

–No puc. I no vull. Si vaig i dic qui sóc, em tancaran. Si dic que sóc un altre, no tinc documents... de manera que...

–Un moment. Què vol dir que el tancaran? A ningú no el tiren a la presó si no ha fet cap delicte.

–Et pareix poc, haver escopit a un alcalde i haver cremat enmig la plaça una foto del dictador?

–Però home de Déu! El dictador ha mort!

–Què dius? Ha mort? Qui se l'ha carregat? Ara qui mana?

–Sí, sí..., vull dir..., a mitges –jo li responia, però

corpresa com estava per aquell relat no encertava a dir-li les coses prou de pressa com ell necessitava conèixer-les.

Ramsi, Quim i Rosa estaven també atordits. No donaven crèdit a la història que ens contava aquell que es feia dir Jaume Rubió. No van gosar obrir la boca. Vaig continuar jo.

–Escolte. Hi ha hagut eleccions, tenim democràcia de partits. Hi ha llibertat de pensament…

De sobte, com una il·luminació, les paraules em van eixir de la boca quasi sense remei, sense control:

–Sap en quin any som?

–No, la veritat és que he perdut el compte.

–En 1988.

–Ah, doncs ja en tinc setanta.

–I vostè fuig de…

–Dels feixistes, de qui he de fugir… El seu poder és molt gran. Si no han canviat molt les coses, ells i els capellans són els amos. Ah! També m'amague de la Guàrdia Civil, que en lloc de soldats els han enviats unes quantes vegades per descobrir-me… Però, bon bac i sense figa!

Jaume Rubió vivia en el passat.

Ens vam acomiadar. La nostra amiga necessitava atenció mèdica, encara que aquell *nàufrag de secà,* com jo em vaig atrevir a batejar-lo, digués que no tenia res i que amb l'ungüent sanaria. Ja no disposàvem de més temps.

8. DECISIÓ DE CONTINUAR

Rosa no tenia cap os trencat. Es va recuperar, encara que lentament. Ramsi, va presentar un treball que la professora qualificà de notable. I el mes següent vam tornar al mas Pelat. Ens motivava més la curiositat de tornar a veure aquell ancià que el fet d'acabar de marcar el GR.

Jaume ja no es va haver d'amagar. Al contrari, s'alegrà de veure'ns i se li notava. No parà de contarnos històries. En aquells anys n'havia viscut de tots els colors. Fins i tot havia passat gana en més d'una ocasió.

Una constant es repetia en acabar els relats: «Els que manen són uns lladres, i volen manar per omplirse la butxaca i si te la poden pegar, te la pegaran!».

D'altra banda, es mostrava com un xiquet que va descobrint els regals el dia de Reis. Quasi tot el que dúiem era nou per a ell. Es va interessar pels sobres de beguda isotònica i en dir-li que necessitaven aigua per a prendre'ls va esclafir a riure.

–Quan us els vaig furtar, em vaig tirar a la boca la pols… i em va entrar una tos!

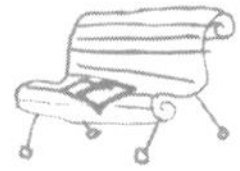

Les bombones de gas el van deixar sorprès. Les mirava ara i adés, les sopesava i no parava de moure el cap.

De llet, li'n vam portar uns quants litres. Vam suposar que no en prenia des de feia anys. Ho vam encertar, encara que havia tingut unes quantes cabres. Ens va relatar com les robava, «d'una en una, eh?, sense abusar», va remarcar, d'un ramat que pasturava per aquells indrets.

–Devia pensar que eren els llops o les raboses...

Però el pastor també va emigrar a ciutat i quan a Jaume se li va morir la darrera cabra ja no va poder substituir-la.

Mai no havia vist beure d'aquella manera. Semblava de pel·lícula. Se'n va engolir cinc gots seguits a boca plena, tant que per la comissura dels llavis regalava un filet de gotes blanques.

No el vam poder convèncer de presentar-se al poble i tornar a fer vida comunitària.

–Jo em trobe bé i qui estiga bé que no es menege. Tinc el que necessite. No em fa il·lusió repetir l'esforç de viure amb la gent. Per desgràcia, tots no són com vosaltres. He conegut massa odi, massa enveges... És difícil conviure i ja no hi tinc forces. A més no voldria ser joguet de ningú. Segur que em prendrien per un boig solitari o hauria de contar, mil vegades, com he sobreviscut.

–I l'alegria dels seus familiars quan el vegen?

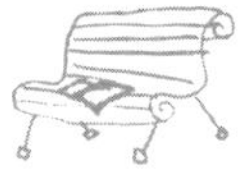

Quim va soltar el darrer argument.

–No em parles de família, xicot! Els pares van morir poc abans d'esclatar la guerra i per culpa d'una miserable herència, vam renyir els germans. De manera que, si queda algun nebot, no li deuen haver donat bona imatge de mi. I encara et diré més: sóc de l'altra punta del país. Ací només em coneixien Duardo, Elvira i Carme.

Vam deixar la qüestió resolta. No hi insistiríem, era impossible.

Li vam demanar que ens acompanyés a fer marques per al GR i ens va ser de gran utilitat, perquè coneixia dreceres que acurtaven el camí. Vam aprendre un munt de coses sobre les plantes. No imaginava que tinguessen tantes propietats per a les persones. Jo li vaig dir que un escriptor anomenat Pere Calders diu en un conte seu que els humans es van tirar a la muntanya, però com havien perdut el costum d'alimentar-se d'herbes i no estaven avesats a destriar-les, els va anar malament.

–Quanta raó té aqueix senyor! Bé les fulles, bé les arrels o triturades amb tija i tot, les plantes quasi ens donen remei a qualsevol malaltia. I no cal que us explique l'aliment que tenen…

Encara no s'havia fet fosc i ja havíem tornat al mas Pelat amb prou marques per a donar-nos per satisfets. Un excursionista mig entès podria anar fins al tossal de la Nevera o al revés, sense perdre's i transitant pels llocs més interessants i a la vora de les fonts. Què més es podia demanar?

La sopa ràpida que vam preparar va semblar a Jaume menjar celestial. I total era «*sopa de ave con fideos*», un sobret barat, desfet en un litre d'aigua bullent.

No sé si va ser que tenia l'estómac satisfet o que estava eufòric pel vi que va beure, el cert és que ens va acceptar que un metge amic nostre es desplaçaria al mas i li faria una revisió.

No ens va costar gaire persuadir Lluís, a pesar que tenia un viatge imminent a Àfrica. En realitat ell és oftalmòleg, però la nostra contalla el va entusiasmar de tal manera que es va proveir de tot el necessari per fer-li un repàs general. Si pogués viure de caminar, es deixaria la medicina, de segur.

Les negociacions ens van costar un disgust. Quim té un cunyat metge i volia que li ho diguéssem a ell primer que a cap altre. Ens vam reunir i vam discutir. L'home de la seua germana no tenia afeccions semblants a les nostres. Pitjor encara, havia fet oposicions a inspector d'hospitals de la Generalitat i el compliment de la llei, per part del cos mèdic i dels malalts, el tenia capficat.

–Com vols que li descobrim un cas com el de Jaume? No veus que voldrà denunciar-lo? –li feia Ramsi.

–Però és el meu cunyat!

–Deixa’t de manies i de prejudicis. No cal que ho sàpia, entesos? Lluís ens guardarà el secret.

–Si la meua germana ho arriba a saber... no em perdonaria. I si és il·legal?

–No et dic que no ho sabrà ningú!

–Enteneu-me. Si s’escapa tot el que fem, es creuran que el meu cunyat ja ho sabia i el perjudicarem en la seua carrera.

No avançàvem i vam haver de decidir-ho per votació. Tres a un a favor de Lluís. És quan Quim va tenir la pitjor crisi nerviosa des que el conec. No ens va dirigir la paraula en una setmana. Va arribar a preocupar-nos per si perdia els papers i se n’anava de la llengua.

Per fi, recorde que era a l’eixida d’un examen, Rosa se li va arrimar i se’n van anar a xarrar els dos sols. No sé com, però el va recuperar per al grup.

I de nou carregats, però de material mèdic, vam empremdre el GR. Semblàvem una SAMU a peu. Lluís és un tipus competent i es va procurar de tot. Fins i tot duia unes tiretes que posades a l’orina canviaven de color segons el nivell de colesterol o de sucre i no sé què més. L’instrumental anava camuflat a les nostres motxilles, de manera que ningú no podia esbrinar que érem una expedició científica.

–Vols dir que fa falta traure’m, sang?

Va ser l’única prova que va molestar un poc Jaume.

Les constants vitals, que va observar allí mateix, eren excel·lents i els resultats de les anàlisis que requerien laboratori, mostraven una salut de ferro. Vam anar a la seua consulta a arreplegar-les.

–Ha estat sensacional poder fer-li un estudi. Llàstima que me'n vaig a l'estranger i no us hi podré acompanyar, perquè hi ha una cosa... –Lluís balancejava el cap com quan es tenen males notícies per a comunicar.

–Quan hi torneu, digueu-li que és més jove del que creu.

–Com? Has pogut saber que no té setanta anys?

–Dona, no és això. Un amic meu va fer la tesi doctoral sobre envelliment de les cèl·lules saguínies. Li he fet arribar una mostra i diu que el grau d'envelliment és similar al d'una persona de ciutat d'entre cinquanta i seixanta anys.

–I això que l'alimentació és pobra! –va dir Quim.

–Segurament per això! No vull dir que siga pobra, sinó que és més natural que la nostra. Només li falta més llet i derivats. Li'n podreu dur?

Fent cas de la recomanació de Lluís, en visitar-lo per donar-li a conèixer les anàlisis, li vam portar tres formatges.

–Jo us estic molt agraït per tot el que heu fet per mi. El que vull es pagar-vos, però supose que els pocs diners que tinc amagats no valdran perquè són d'abans de la guerra. De manera que m'heu de dir quin producte de muntanya es ven a bon preu pels mercats i us en prepararé una bona quantitat.

Li vam dir que no feia falta res d'allò, però que volíem fer un tracte amb ell.

–Li volem proposar una cosa. Els quatre hem pensat que no està bé que es quede solitari per aquestes muntanyes.

–No heu vist quina salut tinc?

–Sí, sí. Vostè sap apanyar-se-les, però nosaltres no estem tranquils sabent que li pot ocórrer algun accident i no rebria ajuda a temps. Per això la proposta és perquè tinga contacte amb gent, però al mateix temps viure ací.

–No entenc com pot ser... No podeu estar fentme visites cada diumenge.

–Nosaltres, no, però si vostè accedeix, podem fer gestions perquè el mas Pelat es convertesca en refugi i que el regente vostè.

–Un refugi? I això quines obligacions em portaria?

–Poques, la veritat. Vostè viu ací. I quan algun excursionista de pas hi vol dormir, vostè l'atén.

–M'agrada la idea.

–I damunt cobrarà –va afegir Rosa.

Aquell detall no el va entusiasmar. En realitat, no en va fer ni cas. Com s'acostava la fi de curs vam quedar de tornar-nos a veure durant l'estiu i, per si necessitava res, li vam deixar uns sobres amb el segell posat i l'adreça de ma casa escrita.

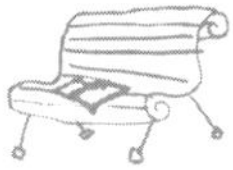

–S'acosta al poble a la nit i ens l'envia. La bústia està darrere l'església, podrà anar-hi sense que el vegen.

–Em pareix que heu tirat unes pessetes –va comentar.

9. UNA REUNIÓ INDEMOSTRABLE

No havia transcorregut un mes quan vaig rebre una d'aquelles cartes.

–Hi haurà incendi 30 de juny conversa.

No hi havia res més dins la carta. Era la lletra de Jaume Rubió, sense dubte. L'havíem rebuda el mateix 30 al matí. El mata-segells era del 27, però entre anar de correus d'un poble a l'altre i que el 29, per ser Sant Pere, havia estat festiu, havien passat tres dies.

Vaig telefonar als de la colla i ens vam repartir les emissores de ràdio i de televisió per estar atents a les notícies del migdia.

A les quatre, després que els noticiaris confirmessen que un incendi, encara incontrolat en aquells moments, cremava prop del tossal de la Nevera, ens vam reunir a casa de Ramsi.

Les nostres cares mostraven preocupació. Creia que, tal com em sentia, tots patíem pel que podia succeir a Jaume. Però no, Rosa va obrir el foc.

–No sé què en pensareu vosaltres, però, com ho podia saber?

–Què insinues? Que ha pogut ser ell? –va qüestionar Quim.

–No n'estic segura...

–Quin profit en podria traure? –vaig proposar jo que no m'esperava aquelles sospites.

–No cal ni plantejar-s'ho –va dir Ramsi. No he conegut persona amb més bondat que Jaume. No m'explique com podeu malpensar d'ell. Segur que ens volia avisar per si podíem evitar-ho, però la carta no ha arribat a temps... i prou!

–Jo també posaria la mà al foc per ell –vaig afegir–. El que no entenc és la paraula *conversa*.

–Deu ser que vol conversar amb nosaltres –va suggerir Quim.

–Siga el que siga, el que cal és veure si tots estem disposats a tornar-hi prompte.

Els tres es vam sumar a la proposta de Ramsi. L'incendi van trigar tres dies a apagar-lo. «Quasi mil hectàries de bosc i matolls perduts en un indret d'alt valor ecològic», repetien els entesos pels mitjans de comunicació com a nefast resultat d'aquell desastre. Vaig consultar els mapes exposats a la Conselleria del Medi Ambient i la zona afectada estava lluny encara del mas Pelat. Confiàvem que Jaume se'n devia haver estalviat, per la distància i pel seu coneixement de la muntanya. En tenir totes les notes, hi vam anar.

Vam trobar Jaume molt enfadat, «cabrejat» era la

seua pròpia expressió. Havíem decidit que no preguntaríem res fins que ell ens expliqués el que sabia.

–Vaig tenir un esglai! Van venir uns subjectes i de poc no em veuen. En sentir que s'acostava algú vaig esperar més del que és aconsellable, desitjava que fósseu vosaltres i vaig reaccionar un poc tard. Primer van passar de llarg. Duien uns aparells amb peus, els plantaven al cim dels turons i miraven per una espècie de canut, gros com una cama.

»En tornar, van entrar i van torrar carn. Mentre menjàven vaig poder acostar-m'hi i sentir el que deien. Vaig restar de pedra. Estaven preparant un incendi! Allò de mirar pel canut es veu que era per decidir el lloc on calarien foc. Un d'ells no parava de repetir que era perillós, que a qui busquessen que el tinguessen ben nuat. I un que pareixia el que més manava li va assegurar que tenia tocat un professional i que si el pagaven bé, tot arreglat. Que no era el primer treball que li encomanava! Us imagineu?

Ens havia convençut sense necessitat de cap pregunta.

–I quin aspecte tenien? Els podria reconèixer, si li portem fotos? –va dir Quim.

–Sí, n'estic segur. Però, calleu, el pitjor és que van quedar de tenir una altra conversa ací al mas.

–Això és important –va dir Ramsi. Hauríem de preparar un pla i enxampar-los.

–No us precipiteu, xicots. Em van fer una mala

espina... Són gent de mala llet! Aqueixos, quan actuen així, és perquè tenen les espatlles cobertes. No és tan fàcil.

Vam estar pegant-hi voltes i no en vèiem la manera. La conversa va derivar cap a altres temes.

Convertir el mas en refugi només tenia la dificultat de disposar del permís dels amos. A la mort dels germans que havien acollit Jaume, com havien desaparegut sense descendents i sense haver testat, va passar a mans de la corporació municipal i anys més tard, com no en treia profit, el va vendre en subhasta. El pare de Rosa, que en sap de papers oficials, havia esbrinat que una gran empresa de la construcció l'havia adquirit. A més, a poc a poc, s'havia fet la propietària de moltes finques d'aquells voltants. El GR travessava quasi íntegrament per les terres d'aquella empresa.

Jaume ho desconeixia. Però allò el va ajudar a recordar.

–Un moment. En aquella conversa, un tercer va dir: «I la fusta cremada, serà legal comprar-la?».

–Vol dir que deuen haver provocat un incendi per vendre la fusta? Això el govern ho deu saber i no ho permetrà...

–Ja ho tinc! El magnetòfon!

No sé encara com em va venir la imatge al cap, però vaig veure tres homes parlant i una gravadora amagada i enregistrant tot el que deien. Vaig regirar la motxilla i en vaig traure la meua casset minúscula.

–Ramsi, només falta que proves de connectar-li un cable i que Jaume puga posar-la en marxa i parar-la a distància. Creus que és possible?

I tant, que va ser possible. Va costar més que Jaume entengués com anava allò tan estrany per a ell, que fer les connexions adequades. Li feia gràcia sentir una veu que repetia el que ell havia dit feia uns moments. No sé si va comprendre que aquella veu era la seua reproduïda per mitjans magnètics, però el quid de la qüestió era que la pogués engegar en el moment oportú.

Preparàrem un camuflatge perfecte a igual distància de la llar que de la taula; de manera que, amb un poc de sort, obtindríem una prova fefaent del que tramaven aquells individus i podríem avisar la policia. El que era necessari és que sovintegéssem les visites per recollir la cinta sense pèrdua de temps. I puc dir que el grup va respondre extraordinàriament. Rosa va renunciar a un campament al Pirineu.

–M'inventaré que em quede per preparar millor el COU. De segur que els meus pares se n'alegren. I no em prohibiran que els caps de setmana vinga per ací.

Ramsi i Quim també van sacrificar uns cursets de vela. Jo ho tenia millor que ningú. Passàvem l'estiu en una alqueria i només estava fora una setmana en què tota la família eixíem de càmping.

Els torns, en grups de tres com a mínim, van quedar clars, i també la contrasenya que faríem en arribar a la lloma Plana per anticipar Jaume que érem nosaltres qui veníem.

Però una casualitat va girar el rumb dels esdeveniments.

10. POLICIES AFECCIONATS

La segona setmana de juliol va ser moguda. Ramsi va demanar al seu germà gran que escorcollés la biblioteca de l'oficina on treballava per saber quina normativa hi havia sobre venda de fusta provinent de boscs cremats.

Ferran no va tenir necessitat de regirar gaire paperassa: els exemplars del *Diari Oficial de la Generalitat* pot consultar-los qualsevol, de manera que ens va proporcionar els numeros corresponents i ens va tocar engolir-nos la legislació. Quin plom resulta llegir les ordres, les disposicions i els decrets! Crec que en un concurs de lectures avorrides, els texts legals farien pòdium, de segur.

–Ja entenc per què els diputats fan mala cara. Tant de parlar i mira quin producte en trauen! –deia Rosa, provocant el nostre riure.

Però vam superar la desgana natural davant aquells pesats diaris i ens vam assabentar del que ja suposàvem: estava prohibida la venda de fusta dels incendis forestals.

Segons la llei, el pla establert havia fracasat, per-

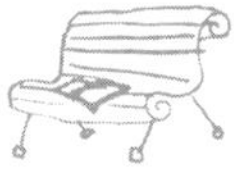

què volíem fer un seguiment de les vendes de l'empresa propietària de les terres. Però Ferran ja havia consultat l'ordinador i quan estàvem més vençuts, vam rebre la seua telefonada.

–S'estan tallant i venent tots els pins d'una finca enorme, part de la qual és de la zona cremada.

–Com és possible? Si la llei és clara…

–No ho sé, jo ja no us puc ajudar més.

Encara gràcies que ens havia passat la notícia. Jo mateixa vaig mencionar que caldria l'ajut d'algú més. Una associació legalitzada que pogués anar als tribunals si calia. Nosaltres sols no podíem denunciar res, ni investigar els termes d'aquella venda.

Ens vam moure i als dos dies havíem aconseguit que un comunicat de la Colla Ecologista aparegués publicat en els diaris i, de rebot, els van fer alguna entrevista a les emissores de ràdio.

L'empresa CONESSA (Construccions d'Estructures, SA) va reaccionar immediatament. Als del grup ens va semblar que tenien la resposta preparada:

> Els grups ecologistes haurien de tenir més precaució a l'hora d'acusar. La nostra tala de fusta és totalment legal ja que el contracte de compravenda està firmat pel juny. Al contrari del que afirmen els qui ens acusen sense fonament, l'incendi ens ha fet perdre molts diners. En la clàusula tercera s'estipula que la compra és a pes i amb el foc la quantitat de quilos que n'obtindrem s'ha reduït en un 30%. Som els primers a la-

> mentar el desastre natural que ha patit el nostre medi, però cal no oblidar que CONESSA ha estat afectada econòmicament.

Era una argumentació irrefutable. Els periòdics reproduïen el text del contracte. En lloc de desemmascarar-los com a causants, la nostra iniciativa els havia fet quedar com a víctimes.

A més, un periodista reconegut, feia un article on exposava les seues opinions sobre els joves ecologistes.

> A vegades es valora el medi ambient sense més consideracions. Com si estigués per damunt de tot. Es creu que tota acció relacionada amb l'equilibri ecològic és obra de persones sense escrúpols. Tenim aquests dies un cas paradigmàtic. En lloc de lamentar les pèrdues que comporta un incendi, natural pel que diuen els experts, per a una empresa i les famílies que en depenen, s'han obcecat a denunciar una conducta que creien il·legal.
>
> Moderació és el que demanem des d'aquesta columna. Més reflexió abans d'acusar. Més iniciatives en lloc de crítiques. Més sentit comú i menys *ecolatria*.

El meu pare deia que aqueix columnista ja escrivia en temps del dictador, que s'havia canviat de jaqueta i que mantenia prou lectors.

–Un d'aquells a qui el Nàufrag de Secà té tanta mania –vaig pensar–, i encara actuen.

No ho podíem dir en veu alta, però tot el tema havia estat manipulat. Teníem el testimoni de Jaume Rubió. No podíem estar de braços plegats. Almenys, no volíem.

Rosa, mig de broma, va insinuar que juguéssem a detectius.

–Què faríeu? Exposem les dades que tenim i tractem de lligar caps.

–És fotut fer connexions si no en sabem quasi res.

–Rosa té raó –va remarcar Quim–. Algú premedita un incendi en la pròpia finca. Ell mateix sap que cremada la fusta pesa menys i, per tant, n'obté menys diners...

–I comprador i venedor són còmplices –va afegir Ramsi.

–Per tant... –vaig concloure jo, sense pensar si era vàlida la meua aportació– deuen tenir un interés més fort i que de moment es manté amagat per a nosaltres.

–És clar! És una tapadora! –va exclamar Rosa.

–De què?

El silenci va seguir la qüestió plantejada per Quim. En realitat, mai no ens havíem posat en aqueix tipus de temes. Teníem inquietud per la natura, ens agradaven les marxes a peu, gaudíem de les acampades... però ara estàvem davant una situació totalment diferent. Fins aquell moment la nostra relació amb el medi era lúdica, de gaudir-lo i fer esport. Si continuàvem en aquella línia, prendríem compromisos, podríem involucrar-nos en coses seriores. Em plantejava que assoliríem una relació d'adults, de responsabilitat.

–Com continuem? Açò s'embolica... i si avancem, no hi haurà retorn.

–Sí, Ramsi. Però jo estic llançada.

–D'acord Anna, i vosaltres?

Els quatre hi vam estar d'acord. Des d'aquella eixida a marcar el GR, els esdeveniments ens havien unit. Una forta amistat es palpava quan ens reuníem, encara que ningú no l'esmentés. No feia falta verbalitzar el que era un sentiment comú.

Vam decidir que calia comprovar si CONESSA o l'empresa que va fer la compra tenien projectes de construcció pròxims al tossal de la Nevera o algun altre negoci conjunt.

De nou el pare de Rosa i el germà de Ramsi ens van donar informació, no debades eren advocat i funcionari de la Presidència respectivament.

Teníem un trencaclosques digne de pel·lícula. La Conselleria tenia intenció d'adjudicar les obres d'una autovia a AURE, Autopistes Reunides; només estava pendent de l'informe d'impacte ambiental encomanat a ESECOA, Estudis d'Ecologia Aplicada.

D'una altra banda, l'empresa que havia comprat

la fusta, Serradures Ramon (SERRA), no tenia cap lligam amb el món de la construcció.

Per fi, quan el puzle semblava impossible, un butlletí de la Cambra de Comerç, on apareixien els noms dels empresaris més actius del darrer any i els tècnics de més projecció empresarial, ens va posar sobre la possible pista. Les peces podien encaixar.

–Heu vist? Ací tenim la clau! –va dir Ramsi. Escolteu, Antoni Balaguer forma part de la junta d'accionistes de SERRA i al mateix temps d'AURE. Joan González, també és directiu de dues empreses: CONESSA i AURE. I per a rematar l'equip, hi ha un tal David Navarro, tècnic en medi ambient, al qual li fan una estrevista i diu que treballa en SERRA i ESECOA.

–M'he quedat marejada com un allioli –va lamentar Rosa.

–Vols dir que entre tres persones saben tot el que es decideix en totes aqueixes empreses? –preguntà Quim.

–No solament ho saben, sinó que ells ho decideixen.

Jo vaig lligar caps i vaig avançar una suposició.

–És a dir, algú pot fer un informe favorable sobre impacte ambiental perquè una empresa construesca una carretera per uns terrenys que són d'una altra empresa, però en realitat, els amos de les tres, són els mateixos.

–Sensacional, Anna! Aqueixa és la connexió que buscàvem: l'interès amagat que ha provocat l'incendi –va concloure Ramsi.

–Com, com? Tres empreses diferents, però que no ho són?

–Vinga, Rosa, a veure si t'ho sé explicar. Una empresa compra terrenys a poc preu perquè sap que en passar uns anys s'hi construirà una autovia. Mentrestant, ven la fusta a una altra. En saber que es farà un estudi, provoquen un incendi que fa que l'impacte ambiental de la futura autovia siga menor. I per fi, torna a guanyar per la venda de la zona de la carretera i l'adjudicació de les obres.

–Ho teníem ben lligat, però ens faltava confirmar el principal punt: aquelles tres persones actuaven en grup?

Gràcies a les vacances, ens vam posar a actuar immediatament. El matí següent ja havíem aconseguit la primera foto. No va ser difícil. Per la guia telefònica vam saber el domicili de Joan González. Ramsi va muntar guàrdia a la porta de sa casa i, en eixir, ens va avisar a Quim, a Rosa i a mi que estàvem un poc més lluny a la vora d'un jardí. No ens va costar gens aparentar un trio innocent: una parella d'enamorats i una amiga que els fa una foto. Però l'objectiu enfocava el nostre home.

La mateixa tàctica ens va servir per a Antoni Balaguer i, a fe, que els enamorats ho representaven de manera real.

El tercer implicat, de poc no ens descobreix. David Navarro, just un instant abans de passar per darrere de Quim i Rosa, es va tirar mà a la butxaca i, com si notés que li faltava alguna cosa, va girar sobre sí mateix i va començar a desfer camí. Jo estic convençuda que el nostre muntatge el va alertar, perquè va fer moviments molt exagerats, com a les pel·lícules. Primer, es va colpejar amb el palmell la butxaca exterior de la jaqueta, després la interior a l'altura del pit i per fi la dels pantalons. Tot seguit, i ara que ho recorde crec que ens mirava de reüll, féu cara de pensatiu tapant-se amb la mà esquerra la boca i alçant la mirada al cel. Jo, capficada com estava que l'enfocament fos nítid, no em vaig adonar que la parella no estava en línia recta amb ell i vaig seguir amb la càmera els seus passos. Sobtadament, va alçar els braços i va cridar.

–Ei! Xica! Em fas una foto a mi?

De poc no ens morim els tres. Vaig quedar muda i rígida, no gosava ni baixar la màquina de la cara. Els *enamorats* van desfer el seu romàntic conjunt amb cara d'espant. Van ser uns segons eterns, el cor se'm va accelerar tant que em sentia els batecs com els colps d'un timbal.

–Per favor, senyor..., és que em tapa la meua amiga i no pot tirar-me la foto.

Era Ramsi! Havia salvat una situació que pareixia sense remei. Aquell home es va girar contrariat i va mirar els lleigs edificis que tenia el nostre amic darrere. Segur que degué pensar que teníem mal gust en buscar aquelles façanes de fons.

Recuperats de l'ensurt, vam decidir no tornar-ho a intentar nosaltres. Un cosí de Rosa anava al mateix gimnàs que David Navarro i li vam encomanar la missió, sense dir-li la finalitat, és clar.

Sí que vam aconseguir la seua imatge, però amb dificultats. Mentre el cosí preparava el dispositiu de disparament automàtic, l'home el va increpar. Li ho va justificar venent-li l'excusa que volia fer-se una foto a ell mateix. S'ho va engolir i fins i tot es va disculpar dient-li:

–Aquests dies em pense que m'agafen per a model, disculpa.

Ramsi i jo pensàvem que aquell nerviosisme era prova de la seua implicació en el joc brut de l'incendi, però Rosa i Quim ens deien que corríem massa, que eren elucubracions.

Ara calia arrimar-se al mas Pelat i mostrar a Jaume Rubió les cares d'aquells tres homes. Coincidirien amb els que van estar mirant per un canut uns dies abans de l'incendi?

11. CONTACTE INESPERAT

El cap de setmana seria massa tard per emprendre la visita al mas Pelat; no podíem esperar-hi tant. De manera que dijous, ja estàvem en marxa. Primer l'autobús i després a peu. Un cotxe aparcat fora de la carretera a pocs metres de la revolta on començava la senda, no ens va sobresaltar. Vam ser incauts.

Avançàvem satisfets de les marques del GR. Quasi de manera imperceptible els nostres ulls anaven d'un senyal a l'altre i això que no ens feien falta, ens coneixíem la ruta a cegues. Era com un ritme interior que ens duia a fixar la mirada en aquelles ratlles roja i blanca: en una pedra, en un tronc, una altra pedra, una punta de roca, ara més lluny en un tronc... El fet de comprovar que eren allà, al mateix punt esperat, em reconfortava.

El sol llançava les darreres llums de la vesprada. L'esforç era lleu, la marxa suau i el silenci només era trencat per algun ocell que tornava a la seua branca per ajocar-se. Recorde un pas entre roques on l'espígol estava esplendorós i omplia de perfum l'ambient. De colp, unes llampades ens van escarotar. Provenien de la nostra dreta, des del cim d'un tossalet. Ens vam fixar i es podien distingir uns bultets negres que es moviem.

–Allà hi ha algú –va dir Rosa.

–I no és Jaume, perquè va en companyia.

–Això i una altra cosa, Quim. Tenen algun objecte que reflecteix el sol –aclarí Ramsi–. Has notat aqueixes intermitències?

–Si és el que jo crec –vaig indicar– ens estan observant amb alguna espècie de prismàtics.

–El cotxe! Deuen ser els del cotxe que hem vist a la carretera...

Rosa va parlar amb un filet de veu. Li havia entrat por.

–Tranquil·la que poden ser gent que albira ocells. Ja saps que per ací hi ha alguna parella de voltors.

–No, no. Massa coincidències, Anna. Per a mi que són els de l'altra vegada, els de l'incendi.

Vaig notar que engolíem saliva. Ningú no s'atrevia a confessar que era una possibilitat a valorar, com una altra, encara que en el fons preferíem que Rosa s'hagués equivocat i no parlàvem per si les paraules trencaven aquell desitjat error.

Continuàrem, però insegurs. Aquest silenci ja no era agradable com l'anterior. Es veu que els nostres maldecaps eren semblants, perquè quan jo vaig llançar la meua preocupació, els altres hi van coincidir ràpidament.

–Si ens han vist, sabran que som quatre.

–Vols dir que no podem entrar en contacte amb Jaume –va prosseguir Ramsi–, si no, el descobriran.

–Cal que ens detinguem i fem una parada de descans. Amb normalitat, que no noten que sabem que són allà dalt i pensarem què fer.

Vam fer cas a Quim. Rosa va seure de cara a aquell puig i la resta d'esquena, així ella podia mirar i passar desapercebuda. Continuaven al mateix lloc. Vam deixar caure algunes idees, però cap no ens era vàlida. No sabíem com resoldre aquella dificultat. Començàvem a creure que el viatge havia estat inútil, ja que no podríem ensenyar les fotos a Jaume.

Quan ens decidírem a moure, una veu que eixia de darrere uns matolls, ens va sobresaltar.

–No marxeu! Torneu a seure, que ells se'n van...

Vam reconèixer el nostre vell amic.

–Feu com si jo no hi fos, continueu en la mateixa posició. Els tres que miren pel canut estan desmuntant l'aparell i baixen. Són els que vaig sentir parlar de calar foc. Pense que no m'han descobert.

–Què podem fer, Jaume?

–Actuar com si res, però al mas no podreu dormir.

–Per què?

–Han deixat unes motxilles i un fogueret com el vostre. Deuen haver decidit quedar-s'hi ells.

–I si també hi passem la nit nosaltres?

–No pot ser, Quim. No són de fiar i, a més, suposant que ens quedàrem, no parlarien del tema, home!

–Jo sé un bon lloc. Seguiu el vostre rastre dels senyals i així que remunteu la pujada anterior a la font de l'Ombria, pareu i a la dreta veureu unes carrasques. Aneu, als pocs metres hi ha una balma que hi cabeu els quatre ben bé. Me'n vaig. Ah! En passar pel mas, no us n'aneu de la llengua, eh?

No hi havia gaire distància i la solució ens va semblar bona. La millor, perquè era l'única.

El nerviosisme s'anava apoderant de nosaltres mentre ens acostàvem al mas Pelat. Quan vam distingir les siluetes d'aquells tres homes, vaig notar com una convulsió.

Ramsi ens va remarcar el que havíem de respondre si hi havia un mínim de conversa.

–Recordeu: estem repassant el GR i dormirem on ens pille la nit. Entesos?

Semblava que la nostra presència no els interessés gens ni miqueta. Els vam trobar dins del mas encenent la llar i cap d'ells no havia deixat la feina per guaitar a la porta a veure qui hi arribava. I segur que havíem fet soroll, perquè caminàvem esforçant-nos per aparentar normalitat.

Eren ells! Els honrats directius que eixien a la premsa!

–Hola, bon dia –va dir Quim en traure el cap.

–Hola –va contestar Antoni Balaguer, que aparentava ser el major dels tres.

–Encenent el foc, eh? –continuà per cortesia Ramsi mentre entràvem.

–Sí, volem passar ací la nit i torrarem unes xulles...

Mentrestant, Joan González atiava el foc i el tercer, David, que semblava el més jove, no parava de mirar-nos de dalt a baix. Ho feia de manera descarada, tant, que li van caure a terra les piles que intentava encabir en una llanterna.

–Què? On aneu per aquests paratges tan solitaris?

Només Antoni ens mantenia aquell diàleg carregat de tòpics.

–És que som els encarregats de marcar un sender que passa per ací i fem aquesta ruta per repassar els senyals.

–Ah! Vosaltres sou dels que fan unes ratlles de color?

–Sí. És el GR-01.

–I això? Què significa GR?

–Gran recorregut. Després es publica una guia i els excursionistes que volen caminar per ací, encara que no coneguen el territori, no es perden.

Antoni va buscar la mirada dels seus companys que li van correspondre amb un somriure. No ho van dir, però jo vaig llegir en els seus ulls: «Quina colla d'il·lusos!». I em va molestar.

–Mala sort, xicots!

–No. Si no volem dormir al mas... –se li va escapar a Rosa.

–Dormir? No m'has deixat acabar, jove. Ho dic

per les marques i el sender aqueix. D'ací a uns mesos es construirà una autovia.

Si hagués pogut li hauria fet empassar-se aquelles paraules i beure vinagre! M'estava posant a cent. Li vaig notar una burla i un to de superioritat... inaguantables!

–Anem. No molestem més els senyors –vaig dir.

–No tingueu pressa, no...

–Adéu, tenim encara un bon tros.

Quan ja ens carregàvem de nou, David es va situar prop de la porta, com si ens barrés el pas.

–Jo no us conec? La teua cara em sona –va fer a Ramsi.

–No crec, senyor. A vostè no l'he vist en ma vida.

–El teu caràcter... on dimonis t'he vist?...

–Si no és al diari... Fa poc vaig guanyar un campionat de tennis comarcal.

–No, no. Segur que no és la premsa. A més, quan parles, la teua veu diria que...

–Au! Deixa els xavals, David! –li va fer Joan–. No han dit que tenen pressa? Talla ja, home, tu i el teu romanç.

De quina ens havíem lliurat! Lleugerets, com si a la font de l'Ombria ens esperés una medalla olímpica de marxa atlètica, ens en vam allunyar. No fèiem comentaris, descendíem veloçment i prou.

–Ja sé de què us conec! –van cridar des del mas. Em vaig clavar enmig d'una foto vostra!

El cingle que s'alçava enfront nostre va repetir la frase, però ningú no es va girar, ni tan sols va fer un gest per contestar. Calia separar-se d'aquella gentola, no fos cas que sospitessen.

Va passar poc més d'una hora des que ens vam instal·lar a la balma fins que s'hi va presentar Jaume Rubió. No calia ensenyar-li les fotos, la mala fortuna ens els havia posats davant nostre. Eren ells, efectivament, i això donava pes a la nostra teoria. Hi havia una trama per a fer-se rics actuant conjuntament, però cadascun des de la seua empresa.

Em va sobtar que ningú de nosaltres no insinués deixar-ho córrer. No sé si estàvem embogits pels herois dels telefilms, als qui tot els acaba eixint bé, o estàvem fent el pas a adults. Potser l'estímul ens venia per Jaume, a qui havíem recuperat per a la vida quasi pública. Era el nostre descobriment particular i secret, encara. De manera que vam decidir com enfrontar-nos a l'embolic.

–Jo crec que puc fer el que vam acordar, m'hi acostaré tan bon punt es faça fosc i procuraré posar en marxa aquell gravador de veus que hi vam amagar.

–I si et veuen? Ara deuen estar més alerta perquè saben que estem per ací... –deia Quim.

–Deixeu-me fer. Sé moure'm sense fer soroll.

Ens vam preparar una sopa i llonganisses. Els nervis lleven la gana; ningú no s'ho va acabar. Després ens vam acomodar com vam poder damunt aquell rocam i vam deixar que la son s'apoderés de nosaltres.

No sé quant havia dormit, però em devia trobar en la part més profunda dels somnis. Estava caient per un penya-segat que mai no s'acabava i al meu voltant baixaven tota mena d'estris tallants: ganivets, espases, bisturís, serres... A mi no em tocaven però sentia crits de dolor. I en això em vaig notar sacsejada i una veu a cau d'orella.

–Anna! Anna! Desperta't! Hem de fugir d'ací.

Em vaig incorporar de rebot. Tenia palpitacions. Vaig mirar i era la darrera. Quim, Ramsi i Rosa ja tenien el sac enrotllat i el ficaven a la bossa.

–Però què feu? Açò què és?

–M'han descobert. Arreplega i anirem al meu cau. De pressa.

No podia dir que no, encara que el meu estat psíquic era contrari a tot moviment... i del físic no cal parlar-ne! Endormiscada encara, vaig mig ordenar les meues coses i, com una autòmata, seguia precipitada els passos del grup.

Tot i l'avançada edat del nostre guia, ens guanyava distància amb facilitat. Ens havia d'esperar cada quatre passes, com aquell que diu.

–De pressa, de pressa! –deia en veu baixa–. Aquells bandits deuen vindre seguint les vostres marques... ens hem de separar del sender com més millor.

No sé quina força ens empenyia, el cert és que

vam salvar obstacles de consideració. En una baixada de pedres soltes vaig esvarar-me i, de poc, no hi deixe la pell.

De tant en tant vèiem unes llumetes. Eren les llanternes dels qui ens buscaven. Però no tenien prou potència per a il·luminar-nos.

–Ja hem arribat, descarregueu-vos.

Jo no veia cap amagatall, ni cap forat, i, no cal dir-ho, cap edifici que pogués servir-nos d'aixopluc. Jaume alçà amb precisió uns arbusts, apartà unes branques seques i aparegué el cau. Férem llum i entràrem. Una sala prou espaiosa se'ns presentava al davant. Parets, sostre i sòl, tot de pedra. En un lateral, una vella tauleta de fusta amb les guies per a un calaix, però aquest, qui sap el temps que no hi era. A l'altre, el que devia fer les funcions de llit. En realitat era un jaç fet amb pallús i unes mantes embolcallant-lo. Tenia capçal, això sí, ben senzill: dos llistons i, unint-los, uns bastonets amb unes ratlles que simulaven decoració. Al fons, una cortineta. M'hi vaig atansar. Tapava la boca d'un pou. Després em va dir Jaume que era un aljub amb molta capacitat.

Ningú no va escampar l'estoreta per gitar-se. Vam seure sobre els sacs. No volíem dormir, sinó saber com havia estat.

–Quan he arribat al mas, discutien. Un deia, referint-se a vosaltres, que alguna relació devíeu tenir amb els *cologistes* o una cosa pareguda...

–Sí, sí, ja sabem a què es refereixen. Continua, per favor.

–Bé. Jo m'havia situat fora tocant a la paret, per la banda on tenia el cable preparat. He fet tal com em vau ensenyar i la gravadora es deu haver posat en marxa. No sentia res d'interès, però de colp, quan prenien cafè, un ha tret el tema...

–Per què pares Jaume?

–Xsss... –ens va fer posant-se el dit als llavis.

Tot seguit, vam sentir colps molt a prop. És com si els tinguéssem damunt dels nostres caps. Jaume assenyalà el sostre amb l'índex i després, l'orella. No feia falta, estàvem escoltant amb tanta intensitat que creia sentir, no els batecs del meu cor, sinó els del de Rosa. Uns crits em van fer tremolar.

–Malparits!... On son?

–Calla, home, no aconseguiràs res cridant!

–Seran bords?! On deuen haver-se clavat?

–Vinga, no té importància. Mirem un poc més i tornem.

–Però si des d'allà dalt els havíem enfocats! Eeeehh!

–David, collons! Calla d'una vegada!

–Llàstima que l'incendi no siga demà. A veure on s'amagaven els espavilats!

–Au, tornem. Per ací no hi ha ningú.

Lentament va amainar el so dels passos, però vam romandre en silenci uns minuts després d'haver deixat de sentir-los.

–Òndia, heu vist?

–Deixa estar, Rosa, més val que acabe Jaume.

–Sí. Us deia que un ha preguntat quan calarien foc i un altre ha dit que ja estava tot emparaulat: el 23 de juliol. Fins i tot ha assegurat que l'incendiari ja té l'avís i que no tornarà a parlar amb ell. A més han acordat que no faça canvis de darrera hora passe el que passe.

–El vint-i-tres! El dia del meu natalici! Veges quina desgràcia! –comentà Quim.

–En oir allò és quan he fallat.

–Per què? Què ha passat?

–He sentit tanta ràbia, que no m'he pogut estar quiet. Sense voler he parat la maquineta i ha fet un clac fort, m'he alterat i he caigut rodolant uns metres. Ells han sospitat i s'han alçat. Han mirat per la finestra i jo no havia tingut temps d'amagar-me. El que mirava ha dit «Qui hi ha? eh!», i quan jo em veia perdut pensant que saltava i arrancava a córrer, els de dins l'han distret. «Mira, una casset», he sentit que li deien. Aprofitant l'aldarull he buscat un lloc més secret. Quan he vist que es decidien a buscar-vos he eixit botant com una rabosa. Deuen haver pensat que qui els espiava éreu vosaltres. Disculpeu, però he desgraciat el pla.

–No digues això, Jaume. Ens has ajudat molt.

–Sí. A més, la cosa no està perduda. En sabem el dia.

12. UN ANÒNIM A LA PAPERERA

Encara vam poder dormir unes hores abans que no es fes de dia. En obrir els ulls, Jaume no era dins d'aquell antre. Teníem una nota: «No isqueu». Ens vam desdejunar i digueren de jugar a cartes. Jo no hi volia, em semblava una despreocupació massa descarada. Amb l'embolic que teníem muntat i Quim proposava jugar a cartes! No sé... hi veia una actitud infantil. Com quan ets menut i jugant, jugant, els pares t'ho arreglen tot.

–Però Anna, què vols que fem? Estar plegats de braços no és millor que distraure's –em raonava Ramsi.

–Podríem estudiar un nou pla. No veieu que aquesta gent no té escrúpols? No us burleu, eh? Però són com els gàngsters de pel·lícula; si cal, maten.

Vam acabar fent partides de guinyot, això sí, el tema de conversa era l'incendi programat.

Quan Jaume tornà, ens va dir que els tres homes ja havien mamprès el camí cap a ciutat. Ell els havia vigilats fins que havien pujat al cotxe. Ens conduí fins al poble per un antic assagador de ramats. Era com un camí d'amplària desigual marcat per parets de pedra seca. El curiós és que són pedres irregulars i la darrera fila del damunt tot són lloses i estan verticals.

A les dotze l'autobús va iniciar el viatge. Vam fer bé de telefonar el pare de Rosa. Havíem decidit no arribar al final del trajecte i baixar a la parada anterior. Allà ens va arreplegar i li vam proposar acabar el recorregut de l'autobús. Tal com temíem, el cotxe aparcat en la revolta on començava el tram del GR, estava enfront de l'estació d'autobusos.

Aquella mateixa vesprada ens reuníem a casa Rosa. El seu pare seria present i li contaríem tot el que havia passat, mantenint el secret de Jaume, és clar. Ens va escoltar atentament, amb una tranquil·litat que em va desagradar. Tan acostumat estava a sentir relats com aquell?

–Si és cert...

–Pare! Ja la tenim! D'uns altres et fiaries, de segur!

–M'ho crec, Rosa, m'ho crec. M'heu dit que faça d'advocat, no? Era una manera de parlar...

A mi em recordava la relació amb els meus pares. Sempre discutint encara que no siga necessari. Creuen tenir la raó només per ser pares i si s'equivoquen, giren les coses de forma que troben justificació.

–... ho deia perquè heu comès un delicte en l'enregistrament.

–Però si volíem aconseguir proves! –va dir Quim.

–Doncs el resultat és just el contrari. Dieu que us

han descobert i, per tant, no disposeu de la cinta. Ara, ni teniu la prova material, ni encara que la presentésseu, us serviria. Ja hi ha hagut sentències sobre això i només es pot enregistrar, sense el consentiment de l'interessat, si hi ha ordre d'un jutge.

–I l'altre incendi? Va ser provocat i sabem que per aqueixos individus...

–L'opinió pública creu que va ser fortuït, com tants d'altres... i la Conselleria també.

–Denunciarem que ens ham perseguit! –va insistir Quim. Vostè mateix els ha vists a l'estació d'autobusos. Ens esperaven per fer-nos callar!

–Això tampoc no ho podeu provar. La gent pot circular lliurement i estar-se on més li agrade.

No sabíem què fer. Era com estar nuats. El pare de Rosa no ens havia animat gens. Les seues darreres paraules ens van acabar de desanimar.

–No feu res que conculque la llei ni denuncieu sense fonament: seríeu els primers sospitosos. Una acusació no provada es castiga.

Faltaven set dies i vam veure com s'anava tancant el cercle. L'endemà, divendres, els diaris van publicar l'informe d'ESECOA. L'impacte ambiental era quasi nul. El projecte de l'autovia podia dur-se a terme. Suggerien uns petits retocs, però sense importància. No calia canviar-ne el traçat.

El dilluns següent, la Conselleria anunciava l'empresa adjudicatària, AURE, i que començarien les obres en passar l'estiu. Per a més inri, agraïa l'interès mostrat a aplicar l'informe sobre impacte ambiental. En una prova de cinisme total, els de la constructora, deien que repoblarien part de la zona confrontant per ser respectuosos amb el medi.

Allò en circumstàncies normals ens n'haguera fet desistir, però vam pensar que era una notícia per despistar. *Ells* ens havien descobert i, anticipant-se a les nostres iniciatives, feren públic el comunicat a fi de cobrir-se les espatlles.

Després de l'informe favorable, aparentment, no hi havia cap raó per a cremar el bosc. Si denunciàvem que hi hauria un incendi, qui ens creuria?

De manera que nosaltres no vam guanyar en tranquil·litat, sinó en desassossec, per dues raons, una, amb les nostres delacions aniríem contra tota lògica; i la segona, quin altre interès devien tenir amagat?

Jo no dormia tranquil·la. Tan bèstia és la gent gran? Els uns són uns aprofitats que no miren més que el seu negoci. Els altres, emparats en les lleis, les proves i històries, no fan res i quan actuen ja és massa tard.

Somniava incendis. Va arribar a ser obsessiu. A casa em notaven estranya, però no en sabien la causa. «Estàs adolescent», feia ma mare. Un dia fins i tot vaig apagar impulsivament el foc que havia encès mon pare per guisar una paella. Les excuses no els van convèncer, però no els vaig dir la veritat. És que, a més, aqueix matí estava supernerviosa. Totes les gestions ens havien fallat.

Havíem anat a primera hora a l'oficina d'informació de la joventut i ens van deixar ben xafats.

–Com? Que no podem posar una denúncia?

–Sí, però no. Podeu presentar-la directament vosaltres si és un cas de maltractaments a menors. La resta de casos, acompanyats dels pares o els tutors legals.

–Però, *tia,* si hem acabat el batxiller!

–Però no sou majors d'edat.

–I tant de rotllo amb el carnet jove, la promoció de la joventut, la participació... i per no tenir-ne divuit, res?

–Res de denúncies... Si voleu, a nivell informal, us podem escoltar...

Ens en vam anar brusents. No tenir els divuit fot. I fotuts com estàvem, vam escriure, amb guants i tot, un anònim i el vam dipositar personalment a la bústia de la comissaria. Calia que se'l llegissen prompte.

Quim i Rosa l'havien de tirar mentre Ramsi i jo estaríem dins interessant-nos pels permisos per a animals domèstics, pel de bicicletes..., tota classe de formularis. Havíem de fer-ho llarg per a esbrinar què feien del nostre sobre. Anava decorat amb retoladors *fosfo* per a identificar-lo a certa distància.

A l'hora prevista vam veure com un policia que devia ser l'encarregat del correu, obria la bústia i recollia un grapat de cartes. Vam reconèixer de seguida la nostra.

Quan la va tenir a les mans, l'alçà sobre el seu cap per mirar-ne l'interior, després la posà sota una llum violàcia i l'obrí. La seua cara no denotava cap actitud, aparentment llegia amb la mateixa rutina que cada matí. En acabar, ajuntà el paper i el sobre, els va rebregar amb un moviment brusc i precís tancant la mà i els va llançar a la paperera amb desgana.

No em vaig poder estar de pegar-li un crit.

–Eh! Senyor!..

–Sí? Què vols joveneta?

Ara sí que m'havia emmerdat. Vaig quedar muda davant aquell municipal que em mirava als ulls.

–Què vols? No tingues por… què et passa? Digues…

–Res, res, un *boli*… per favor.

Aquell home va tenir molta paciència. Em va dir que no calia cridar tant i em va deixar el *boli*. No sabia ni què estava escrivint, en recuperar un poc la serenitat vaig comprovar que tenia a les mans una sol·licitud per a presentar-me a les proves de bombers. Quina fatalitat!

Ramsi em va ajudar i vam dissimular com vam poder. En eixir vam contar a Quim i Rosa la destinació de la nostra denúncia.

–Que es foten! Ja els tenim avisats! Culpa nostra no serà!

–Això està molt ben dit, Quim, però no és el que preteníem.

–I què vols, Anna, que anem nuets pel carrer i quan ens enxampen diguem que era un muntatge per a denunciar un incendi?

–Tampoc. Ens prendrien per boigs –va dir Rosa.

–Açò és com una tragèdia grega. Vosaltres, que heu fet ciències, no, però en lletres, el Sèpia, en classe de grec, ens ha martiritzat tot el curs. Deia que al teatre tràgic, els homes contemplen el seu destí sense poder fer res per canviar-lo, ni aturar-lo. Com nosaltres!

–Molt culte, però gens efectiu, Ramsi.

–Com estàs, Anna! No veus que fem tot el que podem?

I tant que ho comprenia, però ja era dimarts. Quedaven dos dies, només dos.

A la vesprada, amb motiu de demanar disculpes per l'incident de la paella, vaig creure que els meus pares estaven més receptius que de costum i em vaig animar a parlar. Fins aquell dia pensava que les persones adultes et solen fallar: la conversa em va confirmar la teoria.

Es fiaven de mi, però no pas d'allò que els deia. I caient en una contradicció enorme, em van prohibir «absolutament» que anés a dormir al mas Pelat la nit de dimecres a dijous.

–I si no em creieu, de què teniu por?

–No és que tinguem por de cap incendi, però no cal temptar la sort.

–A veure si ens entenem, pare. Hi he estat moltes vegades ja i no ha passat mai res. Saps que m'encarregue de marcar un GR... i ara, just ara, per què no hi puc anar?

–Agafa-t'ho com vulgues: no hi vas i prou.

Allò era l'últim recurs, apel·lar a l'autoritat paterna. He de dir en la seua defensa que l'havia emprada en comptades ocasions, ja que intentava de persuadir-me raonant. En aquell moment tampoc no m'hi vaig rebel·lar. Com des de menuda, vaig acceptar la negativa a contracor, resignada. I no sé si vaig fer bé. Ha d'arribar una oportunitat en què et separes mentalment dels pares, però es veu que encara no tenia prou fortalesa.

A la nit vaig tenir un darrer esglai. En una gelateria on refrescàvem tota la família, va entrar Antoni Balaguer, el de les autopistes i l'empresa que comprava fusta. Em deguí posar roja com una tomaca. El got amb orxata en tremolava a les mans, però em vaig fer la forta i vaig dissimular. No em va reconèixer. Vam acabar primer que ell i vam eixir. Els pares em van donar una hora de temps lliure i no vaig resistir la temptació d'esperar-lo i seguir-lo. Es va reunir amb un altre home al passeig marítim, a la zona del Jardí de les Escales. En un lloc que creien segur, fora de la vista de la gent que passejava, van seure en un banc. No em va ser difícil acostar-m'hi ajupida entre els arbusts, perquè la llum dels fanals il·luminava cap al mar i la platja i jo romania a l'ombra.

El que vaig sentir va eliminar la poca esperança que tenia en els adults. Antoni Balaguer estava acordant amb el seu interlocutor quantes persones contractaria per extingir l'incendi de dijous. Li va avançar lloc i hora. Fins i tot van preveure, si no feia vent desfavorable, la superfície que *convenia* deixar cremar.

L'altre, a qui no havíem vist mai, li va dir:

–Podem invertir uns quinze milions en la jugada, què et sembla?

–Perfecte! Després de pagar les factures reals ens en quedaran... uns quatre, no? Damunt, com no són nostres!

Aquell era el motiu amagat per tirar avant l'innecessari i criminal incendi: aprofitar-se dels fons de la Conselleria. Aquell personatge desconegut devia ser un alt càrrec dels serveis d'extinció també connectat amb els directius corruptes. Quina xarxa devia haver-hi darrere de tot allò?

Feia temps que no plorava com aquella nit. Em sentia tan impotent... Em veia en un món tan miserable...

Dimecres vam trametre sengles anònims a les ràdios locals. Tots degueren seguir el mateix camí que el de la policia, tret d'un. Una emissora de les que

s'autodenominen alternatives va llegir el nostre escrit. Ramsi era qui la sintonitzava i va enregistrar el programa.

> Ens ha arribat un sobre, sense cap identificació, però que volem difondre. Avisem els nostres oients perquè el contingut no és habitual. Us el podeu prendre com una broma, com el presagi d'algun llunàtic solt o com un missatge secret escrit en clau i que el destinatari desxifrarà convenientment. Allà va!

Entre tall i tall de text incrustaven música. Ara sentíem la banda de la pel·lícula *2001 Odissea de l'espai*. Molt efectista, vaig pensar.

> Demà dijous vint-i-tres hi haurà un incendi a les muntanyes pròximes al tossal de la Nevera. Semblarà casual però serà intencionat. Començarà a les vuit del matí. Els incendiaris són homes de negocis de la ciutat.

Van deixar la música uns segons i van recordar un número de telèfon.

> ... ens podeu dir la vostra opinió. Telefoneu, amics i amigues!

Ramsi ens assegurà que durant els següents quaranta-cinc minuts que va durar el programa no van atendre cap trucada. L'explicació és que es tractava d'una emissora que només sintonitzaven grups de joves i la cobertura territorial que tenia no abastava sinó el barri.

A la reunió del vespre, vam valorar l'escàs èxit de la nostra iniciativa: de cinc anònims, un… i amb una audiència desconeguda.

Encara vam intentar localitzar Lluís, l'oftalmòleg. Ell havia conegut personalment Jaume i tal vegada ens voldria ajudar. La seua paraula era de pes. Va resultar debades. A sa casa ens van dir que li quedaven dos mesos d'estar en un poblet africà on col·laborava amb una ONG, Metges sense Fronteres.

Vist que no podíem fer res més per airejar l'assumpte vam deixar per al matí de divendres l'última iniciativa.

13. NOMÉS DANYS MATERIALS

Rosa havia dormit a casa meua i a les set i mitja ja estàvem desdejunant al costat de la ràdio. Volíem saber si detectaven l'incendi molt d'hora. Ramsi i Quim també havien passat la nit junts. Ens havíem proposat telefonar a les oficines de medi ambient a tres quarts de vuit. Era l'última oportunitat per veure si algun forestal, encara que fos per curiositat, aconseguia interessar-se i evitàvem part del mal. Perquè descobrir l'incendiari ho donàvem per impossible.

–Bon dia. Oficina de medi ambient de la zona nord?

–Sí, ací és.

–Dins d'uns moments es produirà un incendi forestal.

–Com? Com? Vostè qui és?

–No importa qui sóc, importa que l'estic avisant i enregistrant la nostra conversa. Si no actua immediatament donarem a conèixer la cinta i en serà responsable.

–Però, escolte..., jo no puc fer cas del primer que

li pega per telefonar-me... a més, no m'ha dit on succeirà...

–A les vuit, entre el barranc Fondo i el tossal de la Nevera.

–El tossal de la Nevera? Això té un accés molt difícil. Encara que fos veritat, no hi puc arribar a hora.

–Li ho dic per darrera vegada: hi haurà un incendi provocat.

–Un moment! Un moment, per favor! Per què no telefona a la central? Ells hi poden enviar un helicòpter...

Quan ens vam adonar que el que volia era allargar el diàleg per donar temps que la telefònica localitzés el nostre telèfon, vam penjar... Però havia estat tard.

Passaven trenta-cinc minuts de les vuit quan un cotxe patrulla aparcava davant de ma casa. No van ser gens discrets. La sirena i els llums blaus van congregar els vianants i van despertar el veïnat. Abans que toquessen el timbre, ja estava mon pare obrint-los la porta. Van entrar al despatxet.

–Bon dia, senyor. Creiem que des del seu telèfon s'ha fet una trucada aquest matí als serveis d'extinció d'incendis forestals. És possible?

–No li ho puc assegurar, m'acabe d'alçar...

–Hi ha algú més...

–Hem estat nosaltres –vam dir des del corredor.

El meu pare estava desconcertat, no havia tingut

temps d'espavilar-se i els esdeveniments superaven la seua capacitat de comprensió.

–Però tot açò a què ve?

–Són filles seues, senyor?

–No. Vull dir, sí. Aquesta és filla i Rosa és una amiga.

–Ens hauran d'acompanyar a la comissaria… i vostè també, perquè veig que són menors.

I torna amb la majoria d'edat! Quina mania amb els divuit! Com si aqueix nombre donés coneixement o respecte…!

–A la comissaria? Bé ens haurà de dir el motiu.

–No li puc revelar la qüestió… es tracta d'un incendi.

Rosa i jo ens vam mirar profundament. No vam dir ni una paraula, però vaig intuir que també ella pensava en Jaume. Estava en perill. No podíem amagar la seua existència per més temps.

–Un incendi? Ah… és això!…

–Vostè també ho sabia, senyor?

–Què? No, no…, saber, no. Anna, de manera que la teua premonició s'ha acomplert?

–No era cap imaginació, pare. N'estàvem segures! Vesteix-te de pressa, hi ha una persona que pot estar en greus dificultats.

A la comissaria no van creure la nostra versió, i això que tenien la prova palpable de l'exactitud horària de les flames. Creien que en sabíem més o que n'érem còmplices. Ens van separar.

–Els repetesc que no. El nostre amic va sentir com ho tramaven tot. Són homes de negocis importants. Estan en la direcció de les empreses que hi faran l'autovia, de la que n'ha donat l'informe favorable d'impacte ambiental i de la que en compra la fusta! Com ho hem de dir!

El qui m'interrogava no tenia la pinta dels comissaris clàssics de novel·la o de Hollywood. Ni duia gavardina, ni corbata mig desnuada, sinó una samarreta de mànega curta amb propaganda de cervesa. El lloc tampoc no era de cine. Una oficina amb ordinadors, finestres per on entrava el sol i moqueta a terra. No omplia de fum l'habitació, ni els focus m'enlluernaven, al contrari, en seure per fer-me les preguntes, van aspergir un ambientador amb perfum a roses.

–Torna a començar, però vés amb compte, perquè la teua amiga no diu el mateix que tu.

–Per favor, hi ha un home en perill de morir pel foc, m'han de creure. Ell és qui estava enregistrant el complot. No perdem més el temps. Han d'actuar, per favor!

–Aquella zona és deserta. Ens ho han ratificat l'oficina de medi ambient i els dos ajuntaments que hi tenen part del terme municipal... Per què hi insisteixes?

–Disculpe, senyor comissari. Si la meua filla diu això, és veritat.

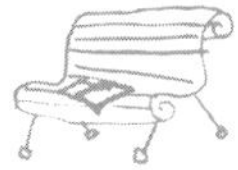

No esperava la intervenció de mon pare. El policia el va mirar amb desinterès, però a mi em va conmoure i no sé si vaig rompre a plorar per ell o per Jaume.

–Li faig una proposició. No perdríem res de desplaçar-nos-hi. Jo mateix hi pose el cotxe.

–És molt vellet... es morirà del foc o del fum... per favor... Anem-hi, jo conec una senda per a travessar la zona...

A les onze arribàvem on comença el GR. El desplegament de forces era impressionant. Des d'allà podia veure dos helicòpters i tres avionetes que no paraven de fer vols i soltar càrregues d'aigua. Una furgoneta plena d'antenes era usada per coordinar les diverses activitats de terra i aire. Un home que devia ser el cap de l'operació mirava amb uns prismàtics constantment. Em van donar una màscara que tapava la boca, el nas i part de les galtes. El fum, a vegades, ens embolcallava sinistrament i ens feia tossir, encara que el foc estava lluny. Un grup de bombers descansava, a l'altra banda de la carretera, recolzats contra la paret de roques. Havien fet un torn de treball i disposaven de mitja hora abans de reincorporar-se a l'extinció.

El comissari parlà amb l'home dels prismàtics. Jo els sentia a certa distància.

–Impossible! No hi ha ningú.

–Aquella jove insisteix que hi viu un vellet.

–Que no. Un dia que extremem les precaucions per tenir només danys materials... i em ve amb una història d'un vell amagat per les muntanyes?

El policia em va indicar amb el braç que vingués. Quin calfred em va recórrer el cos! Aquell home era el mateix que jo havia vist a la nit negociant amb Antoni Balaguer!

–A veure, vinga, què has contat al comissari?

–A vostè no li importa res del que li estem dient! Vostè sabia que es calaria foc aquesta muntanya!

–Comissari! Aquesta mocosa què diu?

–Anna, no t'alteres, és el cap de l'operació. Si vols que et fem cas hauràs de comportar-te més tranquil·lament.

–No vull. Aquest home n'és còmplice! Fa dos nits el vaig espiar quan es va reunir amb Antoni Balaguer, un dels que li havia parlat. Van acordar quantes hores estarien apagant l'incendi i els milions que cobraria.

Sabia dissimular bé, però el policia m'escoltava atentament. En això ens va interrompre un avís per ràdio. Era el pilot d'un helicòpter.

–Atenció, he vist una figura humana fora de la zona controlada.

–Repeteix, Ocell 3. Repeteix.

–M'ha paregut veure una persona movent-se fora de la zona que controlem.

–Ocell 3, n'has d'estar completament segur!

–No puc baixar més, les flames són altes.

–D'acord, retira-te'n, Ocell 3.

El comissari em va mirar amb ulls d'incertesa. Em va fer la impressió que començava a creure en nosaltres. L'altre home va consultar un mapa i tornà a parlar per la ràdio.

–Ocell 2, Ocell 2, acosta't al punt 43,22. Punt 43,22. Veges si pots fer-hi vol rasant.

–Ací Ocell 2. Això és dins de l'incendi, per què voleu que hi vaja?

–Creuen haver vist una persona.

–Una persona, per allà? Hi aniré de seguida, però la calor és molt forta.

–Sí, per això t'ho encomanem a tu. La teua protecció tèrmica és la millor.

Aprofitant que estaven capficats a enviar-se missatges, em vaig retirar fins a la carretera. Estava molt nerviosa i em sentia sola. De tot el grup d'amics només hi havia pogut accedir jo. No parava de pegar voltes a una idea: havia de fer alguna cosa. El fet de no tenir Ramsi, Rosa i Quim al meu costat encara m'encoratjava. A mi no em feia falta la ràdio per a saber que Jaume estava dins l'incendi. Inesperadament, sense ser-ne conscient del tot, vaig arreplegar de terra el casc i la jaqueta d'un d'aquells bombers que descansaven. En un tancar i obrir d'ulls ja corria pel GR.

Vaig sentir crits darrere meu, però estava resolta a arriscar-me per buscar Jaume i no em vaig girar ni aturar. El fum era l'únic que em molestava als ulls perquè la jupa m'aïllava bé de la calor. No sé el tram que havia recorregut, potser era al claper on vam veure per primera vegada el nostre amic. Vaig parar a respirar. Estava tot cremat. Davant meu es veia un cementeri de carrasques encara fumejants. Al sòl ennegrit, queien volves de cendra. Un matoll flamejava encara, com recordant qui havia dominat allò feia uns instants. Em vaig incorporar per continuar i, entre el fum, vaig entreveure Jaume. Venia coixejant.

–Jaume! Ací, vine per ací, podràs passar!

–Anna?

–Sí, sóc jo, afanya't, isquem d'aquesta fumarada.

Jaume es va desplomar. Ens separaven uns pocs metres. Em vaig llançar cap a ell tan encegada que no vaig saltar una branca que hi havia enmig del sender. En notar que queia vaig intentar conservar l'equilibri, però el que vaig aconseguir va ser caure de tos i colpejar-me al cap. No em podia moure. Ni les cames ni els braços em responien.

–Jaume! Em sents?

–Anna! No et preocupes per mi…

–Resisteix, Jaume. Prompte vindran a buscar-nos.

–Estic bé. Ara vindré per tu…

El pobre de Jaume volia donar-me ànims. I em feien molta falta. Allà estava gitada enmig del meu volgut GR, però sense poder dominar el meu cos. Vaig intentar moure un per un els músculs. «Els dits de la mà esquerra encara em funcionen», pensava, «i el cervell, perquè m'assabente de com estic». La cara tampoc no la tenia afectada.

Enmig del repàs, amb la galta xafant aquella pols entre negra i grisa, vaig veure que alguna cosa es movia i se m'aproximava. Vaig fixar la mirada. Era una serp! Ja no podia demanar més desgràcies. No hi ha animal que em produesca més fàstic. La por que vaig passar en uns instants no era comparable a cap de les que havia sentit anteriorment. El rèptil venia directe cap a mi, a l'alçada de la cara. S'apoderà de mi una sensació indescriptible, una espècie de pànic interior. No vaig cridar, simplement vaig tancar els ulls esperant que em mossegués.

Es veu que la serp escapava del foc i devia desplaçar-se mig marejada pels fums; el cert és que, el contacte, el vaig notar al coll. Em palpà amb la llengua repetidament i va decidir saltar-me. M'adonava que lliscava per la meua pell i creia morir. Vaig vomitar compulsivament. Una repugnant pasta agra que es barrejava amb la cendra se'm va entollar davant la cara. M'impedia respirar amb normalitat. La serp es va arrossegar fins a descendir pel bescoll i degué continuar la fugida.

El colp i la tensió de la cuca es veu que em van fer perdre el coneixement.

No recorde res més.

14. UNITAT DE RECUPERACIÓ

Un jove amb una casset abandona l'habitació 309 de l'Hospital General. Va cap a la sala de visites que està mig buida a aquelles hores. Es dirigeix a una parella que seu al sofà.

–Ja he acabat. La seua filla s'ha adormit.

–Com l'has trobada? –diu la dona.

–Avui ha estat un dia un poc massa llarg, però...

–No devies fer-la parlar tant –remarca la mare.

–No creguen, ha estat animada i serena. No saben amb quin detall em conta tot el que li va passar.

–Millor... diu el psicòleg que li anirà bé verbalitzar-ho. Cal que afronte la situació sense complexos.

–Adéu, ja hem acabat pràcticament.

–Adéu. Com et va el relat?

–Molt bé, molt bé. És una història increïble.

El matrimoni recorre el passadís, guaita la 309 i, en comprovar que la malalta dorm, es dirigeix al despatx de la direcció de planta on hi ha dues ATS.

–Tornem a casa...

–Molt bé, fins demà.

–Per favor, si la nostra filla necessités res...

–Tranquils, no han de patir per res. Qualsevol avís seu ens l'indica aquest llum i aquest timbre, veuen?

–Gràcies, gràcies, bona nit.

Anna, com cada matí en despertar-se, contempla el sostre de la seua habitació. Li han instal·lat un comandament que funciona amb lleus moviments dels dits. L'aparell controla les diverses posicions que pot adoptar el llit. El gira cap a la finestra i… veu el comissari.

–Bon dia, comissari, què fa per ací?

–Vinc a veure't. M'han comunicat que et trobes millor i aprofitant que venia a visitar un agent que tenim a la planta quatre… Estàs bé?

–Sí. Em note més animada.

–Què? Com va la rehabilitació?

–Malament. Em pense que no podré caminar mai més, però m'esforce per no tenir el braç esquerre inútil.

–Dona, no ho penses, això. Ets jove i segur que progressaràs més del que et diuen.

Anna calla. Fa un silenci que el comissari no s'atreveix a trencar. Ell també forma part del programa de recuperació que han elaborat, però no li han explicat les actuacions concretes, ni com ha de reaccionar en cada moment.

–Comissari…

–Sí? Digues, Anna, pregunta el que vulgues.

–Des que estic internada, ningú no m'ha volgut contar com va acabar tot allò.

–No ho saps?

–No. Segur que va anar malament... Diga'm la veritat, Jaume ha mort?

–I ara! Jaume Rubió? Però filla, si ell et va salvar.

–Ell a mi?

–Sí. T'ho contaré. Tu vas saltar la línea de seguretat sense que et poguéssem detenir. Això va provocar que els helicòpters centraren l'acció en el teu rescat, ja que una persona en perill té prioritat absoluta. Després de llançar molta aigua van assegurar un corredor per on van penetrar la colla de bombers que estava de descans. Mala sorpresa s'hi van emportar! En lloc d'una persona n'hi van trobar dues! El caporal explicà que Jaume et duia cap a fora agarrada pels braços. El que no entenc és com un home de la seua edat va tenir forces per a recórrer un tros tan llarg. Quasi havia arribat a la zona no cremada...

–I els culpables? Els han detinguts?

–Culpables?...

El comissari ha quedat en fora de joc. Anna encara insisteix que l'incendi va ser provocat.

–M'ho temia!

–Anna... No es va poder demostrar res...

–No hi ha dret! Per què? Per què?

–Calma't, per favor.

Anna ha pulsat el botó que estira el llit i ha tancat els ulls. No vol que li note el defalliment. El comissari li acaricia la mà en un esforç, estèril, de mostrar-li estima. Anna no hi té sensibilitat. Unes llàgrimes d'amargor li regalimen per la cara.

–És una injustícia, comissari... No estic penedida del que vaig fer, però és una injustícia. Aquell foc estava premeditat i els qui se'n van aprofitar per enriquir-s'hi deuen estar tan contents. Hipòcrites! Assassins!

No pot resistir i esclata a plorar obertament. El comissari avisa el metge que s'hi presenta tot seguit.

–Anna?

–No es preocupe doctor, estic bé, però m'han entrat unes ganes enormes de plorar.

–D'acord, d'acord, plorar no és roí. Desfoga't.

–No em serveix, doctor. Cada nit, quan els meus pares se'n van a casa i la infermera em fa la darrera exploració, plore tant que crec que em dessuque. A vegades dubte si tornaré a eixir al carrer, a mirar la gent als ulls...

–Sí, dona. I no hi trigaràs, ens falten els resultats de les mostres de sang que vam enviar a París... Tens alguna incompatibilitat i prou. S'arreglarà.

–No m'enganye, doctor. Ja m'he resignat a no moure'm, però els adults actuen segons el seu interès i encara tindré sort. Com jo sóc un cas digne d'alguna publicitat, segur que m'ajuden i m'aconsegueixen un cotxet electrònic... Però quants malalts hi deu haver com jo morint-se de misèria? És molt dur viure així.

Uns colpets a la porta de l'habitació trenquen la

tensió de l'ambient. L'home fa uns passos i es posa en la visual d'Anna.

–Jaume!

–Anna!, bonica... estic ací. Tin...

–Gràcies, Jaume, són unes flors molt boniques, però no puc agafar-les.

–Ai! Disculpa'm, ja he pixat fora del test!

–No et preocupes. Ja m'han contat com et vas jugar la vida per salvar-me.

–Bah, bah, bah... No podia fer una altra cosa. Estaves com adormida i l'aire era irrespirable, de manera que vaig intentar... però si no arriben uns bombers...

–On vius? Has tornat al mas Pelat?

–Sí, per sort l'incendi no ho va socarrar tot, però no puc viure de coses naturals com abans. Si no fos perquè m'han arreglat una pagueta de l'estat... no tindria per a menjar. Millor dit, m'haguera tocat emigrar, com les oronetes. Perquè d'engolir saliva no s'engreixa!

–Molt bé, Jaume. Veig que has decidit presentar-te a la societat.

–Quin remei! A tu i a mi ens van dur junts a aquest hospital i una volta dins, no tenia escapatòria. M'han tractat bé, tinc carnet i tot el que toca.

–I no vas tenir problemes? Vull dir, es van fiar del que els deies?

–No molt, no. Però van demanar els papers al poble on vaig nàixer i han comprovat el nom, els anys... Escolta, tinc una cosa que no he ensenyat a ningú. La vols veure?

–Sí, de què es tracta?

–Té relació amb el mas Pelat...

–No puc endevinar-ho.

–Mira, una llibreta. Deu ser d'un d'aquells tres que van estar organitzant el foc... –diu mentre es regira la butxaca. Redéu quins subjectes!

–Dóna-li-la al comissari! Déu meu! A veure si els enxampen d'una vegada!

El policia pren aquell quadern. És una agenda a nom de David Navarro. La fulleja àvidament. Es deté en les anotacions de la primeria de juliol.

–Anna, tot el que tu m'havies contat, comença a aclarir-se. Crec que tenies raó. I açò pot ser una prova irrefutable. La cosa ha de quedar entre nosaltres. Doctor, Jaume, Anna, ni una paraula sobre l'existència de l'agenda. Me'n vaig a fer algunes investigacions.

–Jo també us deixe –diu el metge. Xarreu amb calma.

Anna incorpora el llit i mostra tot l'afecte a Jaume de l'única manera que el seu estat permet, amb un somriure.

–Quant de temps sense saber res de tu, Jaume!

–Un mes, eh? Un mes... M'han tingut embolicat per l'assumpte dels papers. Jo preguntava per tu, però els metges deien que no et veien prou forta. Avui m'han telefonat a la residència on m'estic. «Refotre!» els he dit, «és clar que vull veure-la». Es veu que pensen deixar-te eixir i volien provar com aguantaves veure'm a mi i el policia que se n'ha anat.

–Que insensata vaig ser, Jaume. Vaig entrar corrents per si tenies algun perill sense pensar que tu coneixes millor que ningú la muntanya i de poc la paguem els dos. Per culpa meua!

–No hi penses: el passat, passat. Vas ser molt valenta i t'estic agraït.

–Més que el valor m'hi va llançar la irreflexió.

–I el bon cor que tens...

–Mira de què m'ha servit, tenir bon cor. Estic paralítica...

–Ep! Alto! El metge no m'ha parlat amb aqueixes paraules. Tu no estàs privada, dona. Diu que t'han examinat els millors especialistes i no tens cap nervi tallat ni el cervell fotut...

–No sé si fiar-me'n. A vegades em passa pel cap la idea que no cal esforçar-se per res, que no cal lluitar... Si veus coses mal fetes o que no hi estàs d'acord, gira't d'esquena i a viure! Que s'apanyen! No creus que he pagat un preu massa alt per voler defensar les meues idees?

–Tu ho valores en un moment fluix. Però la teua vida no s'ha acabat. Si jo m'hagués rendit quan van morir Duardo, Elvira i Carme, els germans del mas

Pelat, no hauria sobreviscut. I ja veus, he arribat a una edat prou avançada...

–El meu cas és diferent... El metge ja fa una setmana que parla d'una mostra de sang que ha enviat no sé on. Tu creus que és veritat?...

15. EL GR-01, ENLLESTIT

El cas va quedar resolt encara que amb moltes dificultats.

La trama de corrupció que es va anar desemmascarant tocava fins i tot alts càrrecs de les conselleries. A la tardor hi va haver un rebombori espectacular als mitjans de comunicació, però els inculpats no els van poder dur als tribunals.

Amb un cinisme exasperant, el fiscal va declarar: «És una conducta que alguns poden qualificar d'immoral, però la meua missió és una altra: acusar quan hi ha indicis de culpabilitat. No és el cas; la conducta dels empresaris esmentats no és il·legal.»

L'autovia es va construir.

El comissari va ser traslladat just després que va fer pública la investigació. Una trista casualitat.

El membres del grup ens hem dispersat.

Ramsi, l'any següent, per Setmana Santa, va tenir visita d'Escòcia: Karen i la seua filla. Es va quedar embadalit. Aquella mare joveneta el va encisar. Estava enrotllada amb els de Green Peace i anava d'ecologista en actiu. A més, els temes de bruixeria l'en-

cantaven. El meu amic no va aguantar un estiu sense ella. Es va traslladar al seu país on volia acabar biologia marina. Li he perdut la pista.

Quim i Rosa, que han acabat enrotllats, es van fer assidus del tram del GR-01 entre el barranc Fondo i el tossal de la Nevera. Hi anaven cada mes. I tenien un bon motiu: el mas Pelat convertit en refugi. No hi havia cap altre lloc per a pernoctar com aquell en tot el GR. El menjar, el tracte, la quietud i la serenor de l'indret..., però sobretot les històries que contava Jaume a les vetllades vora la llar, van fer conegut arreu el Refugi del Mas Pelat.

Han fundat un grup que s'encarrega del repoblament. Formen una parella simpàtica. S'entenen molt. Han obert consulta de dentistes.

La meua operació, també a la tardor, va ser un èxit. Sóc conscient que gràcies als companys d'aventura més que a la intervenció quirúrgica. Després he sabut que no tenia molta cosa, però la meua desconfiança no em deixava veure la realitat. Cada dia, en acabar les classes de COU, venien a estar al meu costat. Va ser una experiència molt enriquidora. En tres mesos vaig recuperar la mobilitat quasi total. Fins i tot vaig eixir en la premsa com un cas insòlit.

I encara vaig tornar al refugi, repintant les marques del GR, cada vegada que hi havia vacances fins que als cinc anys, Jaume va morir.

Ara dorm eternament a la vora del *seu clot* i una

pedra el recorda. Li vam gravar l'epitafi que ell mateix ens va encomanar:

JAUME RUBIÓ, QUE VA VIURE EN LLIBERTAT

He de confessar que m'he fet escèptica i més mirada pels meus assumptes. No m'apassione per res i repense molt les coses. Visc tranquil·la i faig excursionisme tranquil.

Ara, m'ha caigut a les mans el relat que un periodista amic de la família va redactar, a partir d'unes converses que vam tenir, mentre jo estava a l'hospital. L'he llegit i arreplega les meues vivències d'aquells mesos.

Quasi no m'hi reconec. Com he arribat a canviar des d'aleshores! Amb el pas dels anys, veig que m'estava fent adulta. Lamentablement, una adulta com les que jo vaig arribar a odiar.

Per això he decidit afegir aquestes ratlles, les que formen els dos darrers capítols, per trencar la monotonia en què estava caient i animar-me. No vull deixar de ser l'Anna que he redescobert. Dissortadament, encara hi ha flames de corrupció.

ESPLAI

TÍTOLS PUBLICATS EN AQUESTA COL·LECCIÓ

1. *Etcètera, etcètera*
Jordi Folch

2. *Malgrat la boira*
Glòria Llobet

3. *El talismà del temps*
Pepa Guardiola

4. *L'ordinador màgic*
Joan Pla

5. *Viatge a l'interior*
Vicent Marçà

6. *Volves i olives*
Francesc J. Bodí

7. *Coses que passen*
David Duran

8. *Un segrest per tot el morro*
Josep Gregori

9. *L'Espiadimonis*
Miquel Ferrà

10. *Foc al gran recorregut*
Vicent Marçà